U0060984

淨好生活

＋80後執嘢女生的極簡慢活風＋

Ren Wan

著

萬里機構

序一
「執嘢」女生的啟迪

近幾年，不少人感到港人的環保生活意識越來越高。應對氣候變化，支持香港力爭 2050 年前實現零碳，需要大家在日常衣食住行低碳轉型，知而後行。為推動此「環境運動」，政府及環境運動委員會擔當一定角色。同時，高手在民間，如「執嘢」女生們近十年來，持之以恆的換物分享行動，積極推廣及示範惜物減廢減碳的生活態度，啟迪了不少港人的環保生活意識，其臉書專頁已凝聚逾六萬粉絲，可謂一呼萬應。「執嘢」女生撰寫新書，與大家分享環保生活，期望啟迪更多人簡約生活，值得推介。

自 2012 年年中上任不久，我有緣認識「執嘢」女生。在此，讓我分享一些與「執嘢」女生相關，但或許她們也不知道的「秘密好事」，同時多謝她們多年來的啟迪。

咪嘥嘢

「執嘢」啟迪了「大嘥鬼」！環境局／環保署的吉祥物「大嘥鬼」始於 2013 年，年紀較「執嘢」約小兩歲，有意無意間會向師姐「偷師」。例如，在取名及口號創作時，傾向廣東話、口語化等路線，希望加深公眾印象，鼓勵身體力行。大嘥鬼呼籲大家衣食住行「咪嘥嘢」，包括「食幾多 煮幾多」！「惜食香港運動」又推出「咪嘥嘢食店」，支持大家「食幾多 嗌幾多」！大嘥鬼參考「執嘢」，孕育了「咪嘥嘢」與「咪做大嘥鬼」等一系列的推廣行動。

學執嘢

「執嘢」啟迪了「綠在區區」以至「環境運動委員會」。「執嘢」的換物會為二手衣物等分享活動奠下楷模。2015 年，環保署轄下的「綠在區區」面世，旨在支持各區坊眾加強源頭減廢、惜物重用以及乾淨回收。當時我推介同事誠邀「執嘢」合作，在「綠在

區區」的新場地協辦換物分享會，同時讓「綠在區區」營辦團體從中「學師」。之後，如「環境運動委員會」的「世界環境日」相關嘉年華會，亦夥拍「執嘢」同場舉行換物會，沾「執嘢」的氣場，向港人推廣「環境運動」，倡導大眾多分享，減少多餘消費。

斷捨離

「執嘢」女生亦啟迪了「星星局長」！我有時自稱也是「80 後」，意指是八十年代大學生。我年少時，普羅大眾的生活仍相當簡樸，「有衣食」屬主流日常習慣，例如，我「執」表哥舊衣穿着，而我弟又「執」我舊衣，大家惜物習慣成自然。至今，我仍保持「有衣食」的基本生活態度，亦希望我的 90 後女兒承傳「咪嘥嘢」家教。2015 年「執嘢」女生 Ren 向我推介《斷捨離》一書，我看了也有新的領悟，簡約生活可更開心清爽！多謝 Ren！

「執嘢」女生的新書着眼港人現今的生活態度，對不少人而言饒具意義，我誠意推介，相信讀者也會獲益良多。在此，再感謝「執嘢」女生的社會貢獻，Ren 和 Samathy 也先後成為環保署「環境運動委員會」或其工作小組的委員。

簡約生活態度，不止於保護自然環境生態，更有助保持自身清爽心態，令日日淨好！

星星局長（右三）與三位「執嘢」
女生。

黃錦星
環境局局長

序二
終於有一本出自香港了

香港人，生於被包圍的福地。

被包圍的意思是，生活在這片土地上，即使不事生產，我們也可以坐享由世界各地生產的物資。我們不需學會生火，也可以煮食；我們不需學會種樹，也有紙張和林林總總的木製品；我們不需懂得務農，也可享盡世界各地不同的蔬果糧食。如果這世界被消耗到只剩一半的樹、一半的糧食、一半的水、一半的空氣，香港人，也不會首當其衝被消失。因為我們居於已發展的城市。我們也發展出只要花錢，我們就配得上擁有一切的信仰。

現在就花五分鐘的時間，隨手拿起你眼前的任何物件，再問自己：它是從何而來呢？大概只能想起這是從哪間店買的。我的問題是，再之前呢？由工人從貨倉送到商店，採購人員從批發商採購，批發商從工廠選訂，工人在工廠生產，還有原材料……在我們眼裏只有售價的成本，背後卻是千絲萬縷的連結綜合。一行禪師有句美麗的教誨：「你望着天空，看到美麗的雲朵，雲化成雨水，你喝茶的時候，茶裏就能看到雲。」

我很喜歡這樣去想事情，這樣的想法教我對待我所擁有的一切更感恩和謙卑，「思源」是「減費」的根本。而我學會這些事，都是在開始「執嘢」之後的事。如果不是那年我那個勇字行頭、二字頭的姐姐獨個兒去非洲公幹，然後懷疑忙壞了的人生想真空一下，就不會在休養中我們一起開始「執嘢」，展開我們推廣換物文化的生涯。那時聽到夥伴向人介紹「執嘢」時，形容我們是「搞環保」，我有點愕然，哦？這是環保嗎？因為開始了一步，很自

然地由一個點掘到另一個點，我由「執嘢」所領會到的，再大量吸收相關知識，得到一個總結，我們是「搞環保」，也是在學習有意識、有覺知地活着。

關於「環保」，有喜愛大自然的「山系環保」，着重保育和捍衛原生態；「執嘢」模式的環保，是注重生活上每個細節的「城市系環保」。這個系，不要求人酷愛大自然，只要求人珍惜所擁有的，就像對愛的人會花心思為對方設想，也不要求人刻己節約散盡家當，只要求人不要沒意識地浪費。

這是一個重新贏得品質生活的方式。

作為妹妹，我當然覺得驕傲，因為我很清楚姐姐既火爆又熱血，這十年間她付出的汗水和勞心勞力，是超級多，相信認識她的人都略懂的。她不是埋頭在書房摸着紅酒杯寫作的學者，而是踏實地活着，要照顧日常，賺錢維生，也切實依她的知識和理念生活着。而這本書就是她所見所聞所體會過的結集。

市面上大部分關於簡約生活的書籍都出自台灣，終於有本出自香港了。叻呀！

尹一庭
「執嘢」創辦人之一、作者的孿生妹妹

序三
執多啲嘢，就有多啲得着！

看到這本書的你們有福了！「執嘢」的精神領袖 CEO 為大家寫的這本書，可以說是非常難得！

「執嘢」在 2011 年成立，十年前的我仍然在投資銀行上班，後生女嘛⋯⋯喜歡扮靚（現在仍然後生，仍然喜歡扮靚）。每天上班都希望穿得美麗，而且很少重複，所以結果是甚麼？買爆衣櫃！幾百條裙！但是本人很少去面對現實，因為不想執衣櫃。

直到有一次「執嘢」的換物會結束，我留低幫手收拾剩餘的衣物，驚見居然有 20 多袋（很大袋）的剩餘物資，當中九成都是女生的衣服，看到這個場面實在崩潰！

之後我就回家好好整理自己的衣櫃，花了兩天大約十多小時。結論是：原來很多衣服不再合穿，或者不合時宜，但仍然存放在我的衣櫃很多年。亦驚喜的發現，以前買落的很多衣服從來未穿過，於是很高興的試穿，自己 Mix & Match 後突然多了很多 Outfit。

所有女生的通病就是：我無衫着！經過兩天的重整衣櫃，除了幫我解決無衫着的問題之外（當然這是廢話），令我變得很害怕再執衣櫃。從那時開始我就對行街失去興趣，如果真的要購物，我會選擇質料較好，不會過時的款式，哪怕要貴一點。

成立「執嘢」這十個年頭，令我最大得着是慢慢的朝着 Minimalism 這個方向走，我説「慢慢的」是因為我家裏還擁有很多東西，但是「執嘢」徹底改變了我的消費模式。實在很感激「執嘢」，很感激這個團隊，很感激這兩位姊妹。

文章開頭我説，你們有福了，是因為你們都不用像我那樣，要十年才明白簡約主義是甚麼一回事。「執嘢」改變了我，擴闊了我的眼界，希望你們閱讀這本書之後，亦會有所得着，對你們有所啟發。

祝大家安好，執多啲嘢！

胡文珊（Samathy）
「執嘢」創辦人之一

自序

多謝你選擇翻開這本書。這對你我來説都是個重要的時刻,因為你的生活或許會起了一些變化,就如我曾經歷過的一樣。美好的蝴蝶效應就是這樣發生了。

當你的手指輕按着這一頁之時,正值「執嘢 JupYeah」踏入十歲。你或許未聽過「執嘢」,不要緊,這本書的重點並非以物換物、共享經濟、環保組織血淚史,而是我為這個換物組織營役十年,如何造就了往後詳談的一套清淨生活哲學。

十年前的我剛在傳媒界工作幾年,對於環境和氣候議題滿腔熱血和義憤。年紀尚淺,難免會把每個問題看得簡單,總以為凡事都有一個絕對的答案。就如當初只意識到香港過度消費文化熾盛,很多有用的二手東西被送到堆填區,所以我們單純地相信只要把以物換物的文化帶到我城,問題就得以解決。隨着日子的推移和年紀的增長,我發現每個問題的癥結未必如眼見般淺顯可見,對策也非一條直路。

另邊廂,我曾經覺得自己認識得不夠,跑去攻讀倫敦大學的永續發展深造文憑。最終我沒把書讀完,但已經足以令我看得更清楚,環保和永續的議題很廣闊和複雜,而我們縱然再微不足道都可以透過日常起居實踐永續的信仰。就這樣,無數個「原來要做到 A 就要先做到 B」的發現後,久而久之整合成一套給自己的永續生活信條。

這本書可以分為兩部分，第一部分載有回顧經營「執嘢」十年間的一些轉捩點和人與事，怎樣啟迪出這一套生活之律。第二部分詳盡地記載在衣、食、住、行各方面的生活規條，那不僅盡量在每個生活細節上體現了對地球萬物的關顧，還有照顧我們的心靈和情緒。

我不是一個完美的環保人，世界上也沒有完美的環保生活者。事實上，不同的時代帶來不同的環境問題和責任；到了這個時代，我相信心靈、生活與自然萬物的結合是終極的金科玉律。所以，希望這本書可以給各位一些生活靈感，未拯救世界之前，先為你的心靈與生活帶來一點療癒。

我相信，我們無形間都在向世界釋放出能量，就如環境科學教科書上所說，我們每個人其實都是釋放着 Photon 的發光體，再微弱的光也是亮的。

Ren Wan

目錄

CONTENTS

CHAPTER 1

思

反思生活本來面目

1.1 建立寵壞後代的城市 ——
在西非看見世界的另一面

2010 年，我站在拉哥斯的土地上，一臉茫然。

拉哥斯（Lagos）是尼日利亞人口最稠密的城市，當年聽尼日利亞人說拉哥斯是尋求美好生活的地方。當時任職《明日風尚》特約記者的我，「膽粗粗」跑去世界的另一端，採訪這個非洲第二大城市。那時候我 20 來歲，是典型的「港女」，習慣公共交通發達，各國美食供過於求，大小商店是繁華城市這幅構圖的主要元素。

❶ 別人眼中的非洲夢天堂，卻是令我感到不安的城市。

❶ 所謂時尚，需要質素，而不是擁有得愈多就愈好。

習慣了消費和娛樂的後果

去到拉哥斯卻是另一個面貌。儘管在領事館偶遇
的年輕人跟我說，拉哥斯是國際大都會，「把它
當作美國的城市就好了，別擔心！」他給我的安
心，在踏出機場的那一刻就粉碎了。沙塵滾滾的
馬路，要付錢給在警局辦事的人「推行李」才
能成功通關，黃皮膚無論去到哪裏都是兜搭生意
的目標，就連在當地聘請的同行攝影師亦不敢隨
便向陌生人問路。一踏足沙灘就會有人上前收路
費，商店和餐廳都像九龍塘的大宅一樣鎖在高牆
之後，而且有警衛持槍把守。好不容易，留在酒
店及裝潢比較像樣的博物館才可以吃一頓好飯。

可是，當年的國際調查指尼日利亞人的快樂指數
是 70 點，同輩的年輕人都散發着積極樂觀的氣
息。他們給我的自製卡片有很多身份：企業家不

遺餘力地經營慈善組織；引見我訪問官員的網絡公司東主，跟我侃侃而談其「尼里活」（Nollywood）電影大計，並表示要把尼日利亞的電影推廣至中國；酒店服務員自言是法律系學生，為掙學費而每天兼職 16 小時都不覺苦。大學生興奮地拿着剛在雜誌刊登的文章給我看，跟我分享她的詩作。讓我感到不安的城市，對當地人來說是帶有污泥的非洲夢天堂。

好不容易回到香港，幫我安排採訪行程的尼日利亞裔女記者 Jennifer 問我有何感想。我第一個反應是：「我真的被香港寵壞了。」我習慣了享用城市所帶來的一切，習慣消費和娛樂、工作機會與奢華享受都是信手拈來。儘管自問從不是養尊處優的孩子，但我為無法適應他們的「城市生活」而感到慚愧。Jennifer 回覆說我不必慚愧，並說她們這一代很努力創造一個可以寵壞下一代的拉哥斯，就如寵壞我的香港一樣。

城市可以由我們塑造

在當年的專題後記，我曾經這樣寫：「這個是二十世紀初開始遺留下來的惡習：我們看城市的成敗，是看前人預先鋪墊出怎樣的 belle vie……這個看上去很失敗的城市，其實成功斐然。只是我

❶ 以物換物，不是「捐」，而是重新去發掘物件的潛在價值。

們這些習慣於大都市瓊樓玉宇的人，沒有看到而已。」[1]

逆境會令人成長，而他們習慣在逆境中長大的一群，確實比我這個生於發達城市的女孩強大得多。往後的十年，得知 Jennifer 為培訓尼日利亞年輕記者而很努力。經此一役，我深刻地感受到城市是由我們塑造的，而且不應該浪費我們幾乎從小被餵飼的學識與福氣，為下一代建立一個可以寵壞他們的世界。

拉哥斯是我那段羈旅生涯的最後一站，不久後我辭職休息，終於留在香港，並開始思考應該做甚麼。那時候，對可持續發展的求知慾特別濃厚。

1　Ren Wan，〈拉哥斯：頹唐與豐盛〉（收錄自《明日風尚》，2012/03+04，47 頁，2012 年）

● 減少多餘消費，分享有用資源，生活自然更美好。

學習得愈多，愈發現我們城市要做的有很多，下一代未必可以像我們這群 80 後般過着被寵壞的生活。自從工業革命以來，全球暖化加劇，最終會導致冰川融化，把地球上一部分土地淹沒。消費主義的熾盛，浪費了很多地球上珍貴的資源，同時把千年不腐的垃圾遺留給往後幾十代人。如果任由當時的城市運作模式持續下去，我們便無法把安全的地球送到下一代的手中，讓他們活在生物多樣化、氣候溫宜的世界。

以自己的力量去分享

我當時特別關注過度消費與垃圾量的問題：我們這一代實在太習慣物質生活和消費了，但當年就連分類回收的系統亦不完善，很多不應該被視為垃圾的東西，因為無從及早攔截而白白被送到堆填區。明明，我們可以不用消費這麼多，丟棄這麼多，就是因為社會體制的一個缺口而枉被填埋。

很多人都會覺得，普羅市民何力之有？我亦曾經有這種想法。但因為 Jennifer 的說話，讓我相信每個人都有能力，而且有責任把自己的城市變得更好。貢獻不代表要豐功偉績，只要在自己的崗位、以自己的力量做到幾多就夠了。

現在已經很普遍的「共享經濟」，當年只是初露頭角的新概念，但因為曾經撰寫專題而搜集過資料。我記得，「共享經濟」（Sharing Economy）的前身應該是「合作性消費」（Collaborative

Consumption)。麗秋 · 波斯曼（Rachel Botsman）的著作《我的就是你的》（*What's Mine is Yours*）仔細地詳述了這股新興文化的潛力和重要性。越來越多學者指出，「擁有」不再有利於社會、經濟和環境，共享工作空間、工具圖書館、AirBnB，以及我曾經去丹麥採訪的共居概念都是現代文明社會所需要的新思維。

那時我的留港歲月才開始不久，並沒有想過要創業，但只是覺得「分享」是很簡單和直接的方法，去處理香港人過度浪費和過度消費的問題。所以，我、妹妹和最好的朋友們終於實行年少時從外國雜誌讀到的衣物交換概念。就這樣，我們在 2011 年 12 月底舉辦了第一次換物派對；然後，「執嘢JupYeah」誕生了。

❶ 自 2011 年成立至今，「執嘢 JupYeah」已成為香港最大規模的網上換物平台。

善用舊物的喜悅

試想像一下，每個人的財產之間沒有被牆壁和門鎖隔開。你看到我擁有甚麼，我亦看到你擁有甚麼。大家都知道各自擁有和閒置了甚麼東西，可以交換和輪流使用。那麼，我們都不用購買新品，既不用無謂的消費，也不會因為閒置物品而把它浪費。另邊廂，當我們想捨棄某些閒置東西時，我們總不可能逐位朋友叩門問有誰「領養」；但當所有閒置東西放在一起，各取所需，簡單便捷。我們最初是這樣形容「執嘢」的換物概念，並把「減少多餘消費，分享有用東西」定為宗旨。

❶ 面對舊物，多點去「領養」，就是換物減廢的核心理念。

● 讓孩子從小體
　會舊物的可
　貴，那是學會
　珍惜的一課。

執到寶加倍珍惜

第一次換物派對在觀塘工業大廈內舉行，73 人
（當中 70 人是朋友）約定同一個時間，把那些
牆壁和門鎖拆掉，在同一個空間分享和善用物
資。過程是出乎意料的美好。我很清楚記得，好
友的母親當年還是頭等機艙清潔工，偶爾會拾獲
一些乘客遺下而無人認領的物件。那次好友母親
拿來一些平板電腦保護套。看似是沒甚麼價值的
東西，另一位朋友見到卻有如獲至寶的表情，說
最近剛好需要物色這樣的保護套。跟我一起創辦
「執嘢」的好友 Samathy 當天換來一本筆記簿，
且多年來都不用在外購買筆記簿，因為活動上總
會有。

未知小時候的你，有否穿過表兄姊不再合穿的衣
物？要穿着親人的舊衣，我們從來不會有嫌棄或
被看貶的感覺，反而因為一份親切感而加倍珍
視。我們在第一次換物派對就有這種感覺，因為
你認識物主和知道物品的故事，它對你來說不是
一件死物，而是一份情感連繫。

二手一樣有新鮮感

當年，二手物品予人的感覺，只是屬於基層人士
的生活。生活充裕的一群「無需要」選擇二手。
對我們來說，這個標籤是不存在的。在這個共享
空間裏，沒有階級之分，「需要」是唯一的尺度。
也就是這個原因，一件 Gucci 和一件 Uniqlo 都會
被掛在同一個衣架上，而每一件衣服被掛在衣架
上，不僅是為了讓新物主減少消費和節省金錢，
也是為了讓舊物主減少製造垃圾，一盡好好處理
舊物的責任。兩者之間沒有施受之分，真正各取
所需。

● 在共享空間
裏，不同牌子
的衣物都被掛
在同一個衣架
上，沒有階級
之分。

第一次換物派對的 73 位參加者中有 3 位並非朋友,他們是透過社交媒體看見活動,於是來參加。就是因為這 3 位不相識的參加者,我們才知道原來這個沒有牆壁和門鎖的共享空間可以開放門戶給更多人參與,並開始舉辦完全公開的換物派對,邀請更多的人來分享有用東西。

❶ 我手拿着的二手衣物,其真正價值並不能單靠價格標籤來衡量。

任何第一次見到的東西,只要不是殘舊,總會給我們新鮮感。所以換物派對的精妙之處在於明明全場都是舊物,但在原物主以外的所有人眼裏都有商店裏的新鮮感。有了這份新鮮感就沒有嫌棄的偏見,看每一樣物品都是具吸引力的。為了把這股文化植入生活當中,我們萌生了建立換物網站的念頭。舉辦一場活動需要籌備幾個月,如果有一個網站,大家可以全天候地分享和取用舊物,那麼它就不僅成為一個「趁墟」的娛樂,而是成為一個生活習慣。

在 2013 年初誕生的網站 jupyeah.com,對我來說不僅是心血,也是生活的一部分。時至今日,家中很多物品都是從這個換物網站得來的。杯墊、廚具、衣服、日用品,都是素未謀面的會員慷慨分享以滿足我的生活需要。我們亦透過網站把很多二手時裝分享給會員,希望他們可以減少購買新裝,給本地二手衣服一個新歸宿,同時感受一下我們起初便感受到那份善用舊物的喜悅。

無意識地讓雜物進入生活

在「執嘢」換物派對上有很多非常實用的東西，包括通常被「秒殺」的籃球、單車、黑膠唱片，甚至樂器。但與此同時，我們亦發現大家都消費得太多，買得太無謂了。

我們見到一些熟悉的面孔，每次拖着行李箱出現。甫打開行李箱，雜物多到令人懊惱：從快餐店換購的卡通公仔；便利店換購的迷你版名牌廚具公仔；印有商標的紙鎮；旅行時購買的鎖匙扣、明信片等。還有一些看似實用，卻因為數量太多而變得一文不值：十蚊店買的廉價家品、散紙包。當然，還有從未剪牌的衣服。

● 在二手物品堆中尋寶的喜悅的同時，亦感受到物質過盛的壓迫感。

● 物質的出現，原意是
改善人類的生活，但
物質過盛，反而佔據
了有限的生活空間，
影響生活質素。

冗物無處不在

忙完一整天，雙手摸過無數件雜物；回到家中，
我們和多位義工審視過網站會員分享的物品。大
家都滿頭問號：我們怎會讓這麼多冗物進入生
活？最主要的問題，當然是消費資本主義扎根於
城市生活脈絡當中。同樣是「執嘢」主理人之
一的妹妹在我們 2013 年拍攝的短片裏形容得很
細膩：「打從你步出門口直至返到公司，沿途經
過的車輛、巴士廣告、街上的廣告和招牌（都鼓
吹）消費吧，消費後你就會『好正』。香港每分
鐘都充斥着鼓勵消費的風氣。」

因為過於習慣物質充斥生活的每個角落，很多不
必要的物品，總在不經意間走進生活裏。那可能
是因為純粹當下吸引眼球、商店或企業贈送時沒
有拒絕、覺得適合送禮（但又無徵詢對方的需
要），或者純粹覺得太便宜。就這樣，家中每個
角落隱藏着很多無意識地帶進生活空間，而又無
時間和興趣理睬的雜物。

丟棄雜物並非好出路

雜物不僅種類如銀河細沙，它們的數量同樣可怕。我們見過不少參加者，帶着相同款式但不同顏色的物品出現。手機只得一部，卻有幾十個不同款式的手機殼；家中只有兩個鎖，卻有十多個鎖匙扣；一張床、一張被、兩個枕頭，從未碰過的床上用品套裝卻有幾套。

冗餘的物質，顯然沒有為生活帶來養分，反而徒添不必要的煩惱——要抹塵、執拾、擠出更多空間收納、最終設法棄置。想到這裏，如果當初不讓這些雜物進入生活當中，我們不就是「本來無一物」嗎？

經營換物活動和平台給我們最大的體會是：雜物不會從你捨棄的一刻，消失於地球上。在現今世代，不假思索丟到堆填區是不符合環境和社會道德的事。如果把它們當作垃圾看待不是一個出路，那麼總要有人代我們處理垃圾，而這個過程是夾雜着很多力氣、汗水和時間。

不再為雜物打開生活的大門

- 生日不收物質禮物，因為我有幸地已經過着豐足的物質生活了。

- 不收旅行手信，一位故友說得很妙，一個人的遊歷跟無份同遊的人有何關係？

- 除了食物外，不收企業或機構贈送的禮物，因為如果是我需要的，我早已徵集或購買。

- 家中無用的東西要盡早找到新物主，任何閒置的物品不僅阻礙生活空間，也是一種浪費。

- 除非有明確的購物目標，否則不會逛街購物。

- 先徵後買，因為你需要的物品很可能就在你的附近。

● 影片不想重看，就轉給別人欣賞吧。

不斷購物
會令世界好一點嗎？

記得我們第一次舉辦的「時裝換物會」，由於不想把剩下來的衣服轉嫁給回收機構便了事，而且我們很想知道沒有被選中的衣物是怎樣的。於是，我們把 25 個 IKEA 袋的衣物帶走，然後花了多天逐件細數。一如所料是速食時裝品牌居多，還有韓國、淘寶和其他廉價網店的時裝，當中很多都是未剪牌的新品。

❶ Mobile Wardrobe（流動衣櫥）曾經在銅鑼灣白沙道、麼地道花園和中環碼頭出現過。

別做血汗工廠的幫兇

如果跟你說，每個購物選擇都是與世界的一次接觸，或許你會覺得難以想像。畢竟，在我們眼前見到的「持份者」只是商家、自己的荷包和商品。其實，每一件產品都是由地球上眾多元素組成：原材料、工人的汗水、設計師的創意、店員的推銷等才能造就我們帶回家中的物品。即是說，我們每個消費決定都是與很多人有關。選購廉價的產品並輕易將之捨棄，所影響的並非只得我們自己，而是把採用珍貴原材料、工人們以勞力來製造、產生很多碳排放的物品白白浪費。

一個只取決於當下審美感和價錢的消費抉擇，可能把我們變成血汗工廠、環境污染、氣候變化的幫兇，但那些完好無缺的衣衫應該重返衣櫃，而不是淪落至堆填區。二手時裝在市場上的比重極細，它們除了淪為社區二手店中只供「貧窮人口」揀選的衣物，或者透過舊衣回收箱送給第三國家的「有需要人士」，還有甚麼去路？

我們很想呼籲人們不如選擇二手衫以減少購買簇新時裝。這引伸了我們從 2014 年開始不時推出街道的 Mobile Wardrobe —— 免費送贈衣服的流動衣櫥。

愈多不等於愈好 —— 物窒欲

自從我們不再把活動剩餘物資直接送去社福機構，物品如山的畫面經常出現。有一次，一位「執嘢」核心成員借出餐廳貴賓房暫時存放剩物，50 幾個 ikea 袋把潔白的牆壁完全掩蓋。我們還在衣堆中拍照留念，面上有苦笑，內心充滿壓迫感。想到要清潔、整理和善後，窒息的感覺是如此實在。我們只是處理剩餘物資一星期，便覺得無比的壓迫感，內心想到那些每日與雜物同居的人，日子是怎樣過呢？

🔵 速食時裝的人氣大多是由於其廉價和潮流所帶動，但卻很快過氣並被丟掉。

囤積雜物是常態

我有時會在「執嘢」活動的接待處檢查物品，亦會忍不住問參與者：你家有幾大的空間，怎可以存放這麼多雜物？聽到的理由有很多：買完一件又一件，不經意間就堆積如山；囤積雜物的是家中長輩，而且屢勸不聽。舉行過幾十次換物會，我偶爾與參加者交流幾句後形成一個很具體的發現：囤積雜物在香港是相當普遍！

極簡主義未必是每個人的理想家居畫面，但任由冗餘的雜物填滿私人空間絕對不是任何人樂意棲息的地方。尤其是在寸金尺土的香港，越來越狹小的空間是用巨額的金錢換來的，家中每多一件物品亦即是少一分讓我們休息的空間，自然無法令人真正放鬆下來。

《物窒欲》作者詹姆斯・沃曼（James Wallman）認為雜物囤積不只是個人家居的問題，而是一個社會現象：物質豐盛變成過度豐盛。「它不再令我們快樂，反而令我們焦慮、壓力、抑鬱。」[2]

家中囤積物品會否令人焦慮、壓力和抑鬱，毋用學者論證都可想而知，我和妹妹感同身受 —— 我們亦面對家中長輩囤積物品的問題，而且知道自從我們離家獨立之後，家人囤積的雜物越來越

---

2 "Stuffocation: Living More With Less by James Wallman" https://www.youtube.com/watch?v=H-c_0fitDT8

多。每次我們回去探望家人，眼見十年未碰過的雜物就心生煩躁。那麼，是甚麼促使有些人不能自拔地用雜物填滿用時間與血汗換來的棲身之所？

內心的缺口始終要修補

美國心理學家添・卡撒（Tim Kasser）認為過度追求物質的人，其身心靈的質素較低，而有些人曾經遭遇無法滿足生活需要、缺乏安全感、自尊心較低[3]。聽過有人說，長輩因為小時候捱窮而有囤積物資的衝動，以防未來的匱乏。有人則因為孤獨而用雜物來隱藏家徒四壁的感覺。

記得有一次，我們收到一個上門收衣的訂單。對方自稱體型豐滿，但想我們清走的衣服很多都是細碼，甚至是加細碼的衣服。原因？她希望自己終有一天減肥成功後可以穿着。

不同風格的衣服，你穿得好看嗎？

3　Kasser, Tim. (2002) *The High Price of Materialism*. London: The MIT Press.

還遇過一位女生，交給我們的衣服有很多不同的風格，斯文淑女裝、街頭裝、民族裝、狂野裝，但她覺得自己通通都穿得不好看。到底她是覺得衣服不好看，還是自己不好看？那是真的客觀地不好看，抑或對自己的信心不夠呢？

實在見過太多太多了，我們久而久之得出一個結論：我們囤積很多東西，很多時候都是因為內心的缺口，而這個缺口是無法用物質來修補的。只要下定決心捨棄雜物，我們才可以坦然面對，享受自在。

❶ 能夠討你歡心的公仔一個就夠了，有需要買完一個又一個嗎？

1.6 我的斷捨離——
告別人生中不再需要的東西

捨棄雜物未必會令人頓時怦然心動，但肯定會令人清醒。這是我肯定的，因為我是過來人。

我在雜物處處的環境中長大，根本沒察覺到家中積存很多無謂的東西。蝸居不夠三百呎，每一幅牆壁都被家具或雜物掩蓋，書枱上的電腦被雜物圍住，每一個櫃底都藏有暗格存放更多東西。然而，大部分東西都被冷落或早已被遺忘。我對於參加者帶來的雜物很抗拒，但卻沒意識到在自己家中，同樣不經不覺間積存了無數多年沒碰過的東西。

❶當清空了一切後，感覺到生活有更大的彈性和可能。

捨棄生命中不再需要的

如果你有看過《斷捨離》，或者會記得作者山田英子說過，良久沒碰過的東西，就是你生命中不再需要的，都是應該捨棄的。

終於某一年，我經歷了這樣的一場徹底斷捨離。

有沒有聽過「土星回歸」？從占星學的角度來說，人凡到了 28 至 30 歲都會經歷一次重大的轉變，重新審視自我。我的土星回歸發生於 2014 年。或者那年註定是徹底改變很多人的一年，我亦在這一年忽然出現很多的思想轉捩，對生活方式和未來的看法忽然間變了。雖然我居住在繁華的市區，過着豐盛的物質生活，沒有金錢的憂慮，但忽然間很想突破當時的生活表象，探索甚麼才是智慧、生活的更多可能性。

不想像蝸牛般過日子

我們了然一身來到這個世界，到了某個年紀，就開始像蝸牛一樣背負着很多物質來過日子。可是蝸牛只得一個殼，我們背負的東西卻像一百個殼般沉重。因為決意要告別當時的生活，我不得不搬家。環顧家中的一切，當時只是想：我真的甚麼都不想再要了！

我的斷捨離蛻變過程就這樣開始。先是廚房，原來「使用不足」的東西太多。只得一個用途的麵包機，基本上除了試機那次後，我就已經喪失自製麵包的興趣，從此一直被冷落。儲存很多碗碟都是為了給朋友到訪時用，可是每年才有幾次朋友聚會，哪需要這麼多碗碟？為甚麼我會有咖啡機、煮熱牛奶用的小鍋、切蛋器等只有單一用途的東西？我發現很多東西都只是以備不時之需要，但這個不時之需卻從來沒出現過。到最後，除了一隻好友送贈的咖啡杯、幾隻碗碟和一份餐具，其餘的我任由朋友和家人登門取走。

為每件物品尋找好歸宿

接着，我把不同的物品逐一送給朋友：珍藏絕版雜誌和 CD、家俬、盆栽。我發現平時工作忙碌的我，積存了很多從來沒時間和心機好好善用的東西，白白儲存而不使用它們，本身就是一種浪費。到我把所有物品的照片放到社交平台，問身邊好友可否認領時，我才發現這些被我白白冷落的東西，在朋友眼中可能是瑰寶。我為每一件物品尋找好歸宿的過程既費時又費力，但同時亦引起我的反思：如果不想經歷處理舊物的過程，不如在一開始便不把它們納入生活當中，反正告別了這些東西，並沒有為我的日常生活製造任何損失或不便。

結果是，塞滿一個居所單位的物品清減至一個睡房都容納得到。搬到父母家暫住的時候，我只剩下衣服、電腦、茶几、睡床、可移動的掛衣架、工作文件和兩隻愛犬。

斷捨離是一個淨化過程

在父母家居住半年，我一直思考想住在哪裏。因為是自由工作者的關係，其實有電腦就可以工作，即使住得偏遠也沒所謂，於是決定搬入離島居住。

搬屋工人說，他以往離島客戶要搬的家當總共有七個卡板，而我當時只有一板家當，在體力上當然是輕鬆得多，但最輕鬆的肯定是心境。一般家庭擁有的，我大部分都沒有：初搬入離島時沒有梳化和衣櫃；業主沒有留下雪櫃，於是乾脆連雪櫃都不要了。其實，我不看電視，客廳沒有電視機又何干？終於近乎每幅牆壁都沒有雜物，每一吋地方都是留給生活的空間。

這個斷捨離的過程，起點是痛苦的，因為要把舊有模式連根拔起會令人很恐懼和不踏實。但看着一件一件物品從生活中剝落，感覺就像脫離舊有的習氣，重新建立適合自己的生活模式。就如以斷食來調整身體機能一樣，它就像一個淨化過程。

1.7 我們都很快，但其實都很想慢

居住在市區，我們根本不用思考自己的生活方式
該是怎樣，因為我們所需要的，城市都似乎有齊
了 —— 去餐廳吃 brunch、在咖啡店看書、逛街
購物、在公園跑步，看似是很理想的城市人週末
寫照，很多人都是這樣過日子。

❶ 生而為人，渴望接觸大自然根本是毋庸解釋的天性。

在鬧市的另類「享受」

我曾經也很享受這樣的城市生活，但久而久之，越來越感受到每吋生活空間都要用消費換回來，在繁華鬧市甚至有無處容身的感覺。去餐廳要及早訂枱才能爭得一席位，在碗碟與餐具的鏗鏘聲之間，食客聲量不其然地提高，要聊天幾乎要歇斯底里。街上的車聲與人聲交疊不休，想找個地方坐下來稍息，還是要消費，令人想盡快往家裏躲，步伐不自覺地加快。

至於購物，當你家毗鄰商場與大小商店，買東西似乎很容易。可是，臨街商店為應付高昂租金而無可避免地高檔化。曾經有次想買火柴，站在銅鑼灣卻不知道從何買到。城市令現代生活變得完善，但亦令我們只能夠「享受」商店堆砌出來的生活模式，即是離不開無盡的購買和吃喝玩樂。

塞滿行程的時間表

英國 *Monocle* 雜誌曾經發佈最宜居城市的衡量標準之一，是與大自然的接近程度。有些城市人或許不覺得自己是熱愛大自然的一群，但我們選擇居住地區時會考慮山海景色，這已反映了我們需要大自然。

選擇在離島生活需要有所取捨的。從此無法在半小時內到達任何地方，沒有的士，不能再夜夜笙歌至深宵才回家。現在出城需時很多，而且每隔 45 分鐘才有一班船，每日的行程表大幅縮短，曾經講求效率和快捷的生活節奏，終於慢下來。

與以前居住的市區相比，離島的配套少得差天共地，根治了我住在市區的選擇困難症。沒有購物中心或 24 小時便利店，沒有任君選擇的各國美食，更遑論逛店購買非生活必需品了。這裏沒有名菜，只有幾間街坊茶餐廳，兩間洗衣店，一間家俬舖，兩間麵包店，幾間士多。一切回歸簡單，而且重拾消費的主導權。人反而有更多時間和空間，不再會把目光專注於外在的世界，而是專注於內在。

一切回歸簡單

離島的有趣之處是，山與海都是每位居民的共享生活空間。不用再像在市區中，要消費買一杯咖啡才能換到安靜下來的空間。沒有了市區的便利，卻換來城市當中最難求的奢侈 —— 安靜。

⬆ 在離島生活，沒有鬧市的聲音和視覺的滋擾，單純地與愛犬共
處，回歸簡單。

律制生活 ——
我去了短期出家

過鄉郊生活不會從此心靈平靜，就如購買護膚品不會立即變美。遷進離島是抹去了城市生活的脂粉，它就像讓僧人潛心修行的寺院，建立了一個靜思空間，並不會帶來徹底的思想轉變。我們真正要改變的不只是外在，而是內心，就如我們對物質的迷戀並非源自物質本身，而是出於慾望。

花盡心機洗廁所

2018 年初，有幸得到一個因緣去台灣法鼓山參加「生命自覺營」短期出家。出發前的幾個月，工作忙到不可開交。我本應該是無法抽身離開，但錯過就可能再無下次。於是，我在最忙的時候跑去把香港的一切拋諸腦後，完全專注地學習。

在法鼓山才知道原來法師們每日都花很多時間「出坡」，即是分工負責寺院日常生活的大小粗活，而我被安排的出坡工作就是負責每天清潔跟其餘 8 位女生的房間，花得最多時間就是洗廁所 —— 我整輩子都從未花過這麼多時間和心機去洗廁所！我們每次使用洗手盆後，要把周圍的水漬抹乾，讓下一位使用者享用完全乾淨整潔的洗手盆。每天把自己的床鋪和衣服摺疊得整齊而沒有皺褶，原來會令心情更加輕鬆。只要在每個細節做得好，就不會為明天留下不必要的煩惱。

除了培養對做小事的耐心之外，另一個體會是明白到我們需要的，其實是這麼少。平日講究款式的衣服，在這裏變得毫無用處。覺得要有一屋家電和雜物，才能維持生活的需要。但是在這裏，我們的家當只有每隔幾天就手洗的行者服、幾雙保暖襪子、一雙鞋、一個枕頭、一個睡袋和日用品，可是每日的生活卻是如此一無所缺。那麼，在城市裏，是甚麼促使我們覺得要把生活空間擠得滿滿才足夠？

❶ 遠離市區只是把我從物質生活的風眼中抽離，體驗僧侶生活才讓我發現內心還有許多脂粉尚未抹去。

CHAPTER 2

衣

衣物療程淨化身心

我們生活在城市，習慣以眼睛和慾望去衡量有甚麼衣服應該添進衣櫃。說到底，衣服的基本用途就是保護身體。非說時裝是毫無價值的東西，也非說我們只需要幾件衣服；可是，因為我們很多時只是被慾望牽着走，才會在打開衣櫃的時候，只看到外在的虛榮，而不是滋養生活與內心的瑰寶。

如果你亦發現，打開衣櫃時只感受到衣服太多，但卻無從填補內心的空虛與苦惱。希望這個章節，能夠淨化你的衣櫃，讓你重拾輕鬆和喜悅。這是一場審視衣櫃的過程 / 療程，也是清減衣櫃給你的沉重感，讓你只剩下給自己的美好回憶、愜意感覺和打從心底裏那份滿足感。

畢竟，每一件衣服都是有靈魂的，你應該感受到它所帶來的美好能量，而不是勾起你的苦惱。精煉的衣櫃是滋養生活的元素，而不是帶來不必要煩惱的亂局。

2.1

我們爲何買這麼多衣服——

是生活需要，
還是內心慾望？

有位朋友手臂上刺了「遠離顛倒夢想」。初次見
到時，我還未知道這六字出自《心經》。當時朋
友向我解釋，經文的大概意思是，我們總是有很
多本末倒置的追求，例如有人追求財富，其實是
追求財富帶來的虛榮感或安全感。這個概念很切
合我們買衫的習慣。

💬 你的購買是因為「需要」，還是
「想要」呢？

到底我們為何買這麼多衣服，以下是你買衫的原因嗎？

- 壓力購物 —— 在城市生活的步伐急速、壓力沉重，大家都紛紛投入「購物療法」的懷抱中。
- 怕走寶 —— 櫥窗的折扣數字太吸引了！這次不買，以後或者會錯過。
- 因為衣服美麗 —— 純粹覺得它很美而渴望擁有。
- 總覺得不夠衣服 —— 明明衣櫃裏已塞滿衣服，還是覺得沒一件是想穿的。
- 渴望自信 —— 希望透過衣着來提升自己在人前的形象，令人對自己刮目相看。
- 舊衣欠新鮮感 —— 家中衣服似乎已殘舊和乏味，再沒有重複穿着的衝動了。

❶ 到底是甚麼促使我們不滿意自己的外表，因此而經常買衫？

時裝店的裝潢勾起慾望

踏出時裝店外，心情舒暢一陣子，卻沒發現荷包
的壓力又再重了。購物之所以紓解壓力，全因為
時裝店的鋪排都是為了讓我們感覺良好。從裝潢
到排列有序的衣服，從殷勤的服務至被讚賞穿得
好看的優越感，每個細節都是為了讓我們暫時抽
離現實壓力，誤以為購買可以讓我們輕鬆下來。

眼見折扣很吸引，其實只要繼續往前走，冷靜下
來，就會發現那個折扣沒有把心抓得那麼緊，畢
竟最實惠的折扣是 100%，即是不購買！

美就一定要擁有嗎？覺得不夠衣服或衣服缺乏新
鮮感，會否因為你買的衣服不能表現出你希望成
為的那個你，以及它們本身就不是你？渴望提升
自己的形象，是否跟內心的一些缺口有關？那並
不是說，購買衣服是邪惡的，但認清它給你的是
正能量，還是負能量，對你的衣櫃和內心都會帶
來恆久的輕鬆感。

你想穿出哪種特質

「執嘢」偶爾會主持一些關於造型和衣櫃改造的
工作坊，其實就像是《姊妹淘》，一群女生坐在
一起分享感受。在其中一次，我問席上的女生為
何經常買衫。傳回耳邊的答案，不是對設計師的
欣賞、款式很合心意，或者很欣賞物料和手藝
（事實上，經常買衫的人不少是幫襯速食時裝）；
她們說的原因都是來自外在。

有人缺乏自信，但自信不是源於人家怎樣看你，而是你怎樣看自己。有人追趕愛情，覺得男人愛新鮮感。可是，這樣的伴侶對你來說是有害的。有人怕被看不起，但其實修養和見識才是女生最大的本錢。有人頻頻被家人打擊自信，那麼其實你需要做的是療癒他們的心，而不是頻頻為自己添新裝。這些不是對時裝的慾望，而是內心的缺口。

要尋找和療癒這些內心的缺口，靜坐是一個好方法。畢竟，只有靜下來，我們才能好好聆聽內在的聲音，給自己一點空間，慢慢照顧內心。走出一陣子，你慢慢會知道不斷滿足和擴大自己的購買慾是何等虛空的一件事。

2.2 你從衣物裏看到自己嗎？

上文提及的問題，全部都發生過在我的身上。經過多年來與衣服的「溝通」後，有人發現用靈性修行裏的「Grounding」概念可以解釋，為何做了幾十年人，衣櫃總是經歷連番誤會、感覺全非和熱情減退呢？

「Grounding」亦指接地，意思大概是心靈感到踏實的方式。我們不再喜歡的，未必是衣櫃裏的衣物，而是不喜歡那個自己，或者發現原來那個不是自己。學習穩住自己的心，對自己有安然自在的感覺，我們才不會被慾望和外在的引誘牽着走，為衣服而消耗時間與精神，並從中學習尋找真正的內在喜悅。

🔘 潮流再吸引，如果不是你自己，是不可能在你的身上散發出來的。

衣服是有靈魂的

年少時，我和妹妹總是一邊翻看日本街拍雜誌 *FRUiTS*、*Zipper* 一邊買衫。每月掏零用錢換取幾十頁的街拍相片集，轉頭再去二手時裝店尋找類似的服飾，每趟外出都要試幾套衫。

如今我不再以潮流和時裝雜誌作為衣櫃指標，是因為不再追求成為街頭型女，而是想追求自己。

很多時候，我們選擇衣服的標準取決於媒體渲染的潮流和最新櫥窗陳列。經過櫥窗、瀏覽社交媒體時，心就被相中的光環牽着走了。風潮過後，衣服就像變成失去靈魂的軀體，黯淡無光。問題不是出於衣服的本身，而是我們自己，因為我們購買衣服時，心裏想着的不是自己，就如零廢棄達人安妮塔・范迪克（Anita Vandyke）所指，「無意識消費天衣無縫地與我們的生活交織，因此我們甚至不知道自己在做甚麼。」[1]

1　Vandyke, Anita. (2018) *A Zero Waste Life in Thirty Days*. Sydney: Random House Australia.

● 你會把衣服當作戲院的海報，交替不完嗎？

追潮流是爲了身份認同

以身體追趕潮流，其實是希望穿出內心仰慕的另一個人、模特兒、名人，或者是希望跟街上遇到的人一樣，從中獲得屬於某個族群的身份感；所以才會穿上那件應該帶來某種氣質、魅力或身份認同感的衣服。看見別人穿得好看，但自己穿上之後卻不喜歡鏡子裏的自己，覺得沒有那種美感、型格、氣質。這會否是因為，你想變成的那個人，其實不是你自己？

取悅你自己就夠了

別人眼中的你，是從他們內心的投射。你穿甚麼顏色才好看、如何打扮才能炫耀或遮蓋身材、哪一種時裝風格應該是你所崇尚的宗教。如果讓別人代你回答，再好看的衣服也只是別人眼裏的蘋果，而不是你內心的真相。

要看看衣着是否你的鏡子，不妨誠實地問自己：

- 拿起衣服時，有否想穿上去的感覺？
- 穿上去的時候，是否感到舒適自在？
- 穿完一整天，有否不自在、不靈活的時候？
- 它的顏色讓你的眼睛舒服嗎？
- 它給你持續的喜悅感或正面能量嗎？
- 打開衣櫃見到它，即時反應是好的嗎？

世界上並沒有不夠美的人，只有不夠喜歡自己的人。當你穿上一件衣服，並打從心裏喜歡鏡裏的自己、感到自在，腦海中沒有幻想別人的評價，那麼，這件衣服真的值得留在你的生命裏。

2.3 每個人的心靈所向 ——
淨化衣櫃

跟衣着風格好好「接地」之後，是時候返回現實，睜開眼看看你的衣櫃，為它來一場淨化。衣櫃擠得滿滿，是很多人的家居寫照。物質的豐盛與外在的誘惑，我們很自然為衣櫃增多而非減少。每次在時裝店看見心儀的款式，總是沒想過衣櫃是否還有空間，然後到某天才忽然擦亮眼睛，發現衣櫃的密度已經到達樽頸，放置衣服的櫃桶密不透風。

❶ 把衣櫃維持於半滿的狀態，騰出空間，令人喜悅。

讓衣櫃呼吸

我們都不經不覺間把衣櫃視為米缸般,要「常滿」才足夠。近年流行的收納法,也是講求以最小的空間收藏最多的衣物。但是每次取出和整理衣物時,都要用力把它拔出來,然後用力把它塞進去。若套用《斷捨離》作者山田英子的概念,任何重疊的物品都在無形之間帶來壓力,每次與密密麻麻的衣櫃互動時,或者也會為內心帶來一些我們沒察覺到的負能量。

積極的人因為水杯半滿而喜悅,消極的人因為水杯半空而沮喪。這個概念也可以套用於衣櫃的淨化 —— 追求一個不飽滿的衣櫃,為僅有的衣服而滿足;而不是無止境地渴求從外面找來更多的衣服。你覺得,兩者哪個會舒服一點?

觀想的方法對我來說很有效:想像一下,衣櫃有足夠的呼吸空間嗎?能夠呼吸的衣櫃,既會帶來容納你增添新貴的空間,也會省卻囤積所帶來的負面情緒:為甚麼我浪費這麼多錢買了這麼多衫?怎麼會有些衣服尚未剪牌、從未穿過?為甚麼會這麼凌亂?我沒時間執拾和處理,我實在太一團糟了。有這麼多衣服,我今日到底應該穿哪一件?

我們只有一個軀殼，每天
一套衣服，一年365天。
或者，我們不需要這麼多
裹身之物？

讓衣櫃有空間去呼吸，其實是為了讓自己有喘息的空間、省卻因為太多、太亂而徒添的煩惱，免得這些負面情緒把生命和時間白白消耗，也不用為今天該穿哪一件而糾結。

沒有定律的膠囊衣櫃

1973 年，在英國獵頭公司工作的蘇絲・霍斯（Susie Faux）在倫敦西區開設了一間名為「衣櫃」（Wardrobe）的時裝店。有別於一般為圓時裝夢的店主，霍斯的目標很明確：讓顧客從衣服中建立個人風格、自信和專業形象。

● 所謂優質的時裝，其實是因各人的文化、職業和生活習慣而異。

「衣櫃」時裝店曾經引入不少別樹一幟的設計師品牌，但它最為人所歌頌的不是它演變成何等輝煌的時裝王國，而是它在 1980 年提出一個至今仍極具影響力的概念：膠囊衣櫃（Capsule Wardrobe）。

生於女裝裁縫世家的霍斯從小接觸高級時裝，深明經典合身的衣服能夠讓人變得美麗自信。她在著作中解釋，膠囊衣櫃的基本概念很簡單：買更少、更高質素、更常穿着的衣服，讓人外表和感覺都充滿自信和成就。

最終原則是以簡為要

來到廿一世紀，斷捨離、極簡主義說中了現代人在物質過盛下的心靈需要；速食時裝導致劣質衣服氾濫，增加了人們對這個講求質素之概念的膜拜。儘管霍斯認為一件外套、半截裙、長褲、女裝上衣、套衫、絲襪、鞋履、大衣、連身裙、手袋和腰帶是核心服飾，但她亦相信最理想的膠囊衣櫃是因人而異的，並無硬性規則和捷徑可言。重點是，在自己的預算之內建立適合你的衣櫃，而內裏應該盡是與你生活習慣一致的優質衣服。

親愛的衣櫃，你好嗎？

安好的衣櫃，應該帶來平靜美麗的感覺，就如打開珠寶箱一樣令人心情綻放。如果每件衣服感覺都似是略嫌不足，哪怕是再昂貴、再花巧的衣服，都像一個個未有兌現的美麗承諾，總是讓人覺得外表和心靈都尚有所缺。

一行禪師曾在著作中教導，要在一星期內把一天「留白」作為「正念日」以休養身心。日復日被翻找至一片凌亂、承擔多一件衣服重量的衣櫃，同樣需要我們騰出時間、與之好好相處。是每個星期、每個月或每一季定一天，按照自己的生活節奏來決定就好。

在這一段衣櫃時光，不妨對着打開了的櫃門説一聲：「你好嗎？」好好注視你的衣櫃，不用擔心這樣做是否太古怪，現在是你與衣櫃獨處的時光，這段交流是屬於你們之間。細看每一件衣服，是在哪個時候、因為甚麼原因而來到你的家。有勾起愉快的回憶嗎？曾給你美麗自信的感覺嗎？若它們讓你有正面的聯想，那麼它們就應該留下來。

與衣服的靜心對話

把不是最喜歡、可有可無、略嫌不足的衣服挑選出來捨棄，剩下來的精華，以方便你的方式整理好。

洗禮過後，你或者會發現衣櫃能夠保持簡約一時，又或者工程浩瀚得不能一時三刻完成大業。跟修行一樣，把衣櫃簡化只是一個過程，而非一勞永逸的「永恆彼岸」。它可能會再次回歸凌亂和擠滿，但你只需要提醒自己，再慢慢地與衣櫃一次又一次的對話，讓它回復簡約，心靈就會再次平靜下來。

2.4 摺衫是一種慢下來的修行

曾幾何時，唯一有心機摺衫的時候就是大掃除，但衣服維持方形層疊狀的時間很短暫 —— 每次翻找衣服，它們都回復舊衣回收廠裏的衣山狀態，長期散漫地躺在衣櫃或椅子上。

衣山徒添負能量

摺衫本身就是整理空間的重要法門，收納整理師視之為騰出更多生活空間的方法。摺疊得宜也可以避免衣服起皺，亦即是減少熨衫的必要性。在法鼓山的行程中，法師曾教導，這是律制生活的一部分，因為過程需要慢下來和專注，也是修心的習慣。

❶ 衣物是反映內心的鏡子，摺疊得整齊，人生也少一些困擾。

摺衫培養我們的耐性，畢竟面對衣服如山，生活步伐急速的城市人很容易會感到不耐煩。一下子的惰性，隨之而來的就是連續不斷的煩躁和懊惱感，就連眼睛驟為略過衣山都會感到頃刻的壓力。保持衣服整齊，未必能夠解決我們的煩惱，但至少不會徒添負面的情緒。持之以恆地把衣物保持整齊，既可以減少我們因為拖延這項「摺衫大工程」而產生的壓力，亦可以減少整理衣櫃所需要的時間、精力和勇氣，省卻不必要的煩惱。

摺衫改變人生

從靈性的角度而言，衣服整齊或凌亂會影響生活的能量磁場，同時也是反映內心的鏡子。瑜伽大師薩古魯（Sadhguru）曾在一場講座上解釋摺衫的重要性：「這會令你的人生驟變不同。」他解釋說，印度常言如果朝早起床後不把睡衣摺好，「魔鬼就會前來在衣服上跳舞，當你翌日穿上這些衣服時，魔鬼就會影響你的生活。[2]」他所指的魔鬼是負面的生活方式。換言之，把衣服摺得筆直，它就會成為正面的能量，反之就是負面的能量。

2　"Why You Should Always Keep Your Clothes Folded Neatly"，Sadhguru Wisdom, January 30, 2020.
https://www.sadhguruwisdom.org/talk/why-you-should-always-keep-your-clothes-folded-neatly/

平定心情的儀式

我們家中沒有洗衣機,每趟從洗衣店取回衣物,哪怕有工作電郵要回覆,我都會先把洗完的衣服摺好,分類放回各處。對我來說,把剛取回的洗衣店袋留在地上,就像一個未完成的任務、在清單上未剔走的工作。只有把它好好完成,人才能專心一致地處理其他事情,心無不必要的罣礙。

把幾十件衣服放在餐桌上,逐件摺好,徐徐把洗乾的布紙巾[3]以交疊的方式放回布套內。摺衫的過程緩和了一路上急着要回來處理工作的焦慮感,並且發現當我以為工作很緊急的時候,其實再等多十分鐘亦無妨。在摺衫的過程中平靜下來,處理工作和其他事務時反而更加冷靜。

久而久之,我習慣了以摺衫作為讓自己靜下來的方式,偶爾也會把家中的衣服重新摺好。事後的豁然開朗,或者是因為薩古魯所說,整齊的衣物迎來了正面能量。

3　家中沒有即棄紙巾,而是以可重用的布紙巾代替。那是本地升級再造設計室「收皮」的零廢棄設計,外觀跟一般的即棄盒裝紙相似,唯一的分別就是可以洗滌後重用,避免製造垃圾。

各類衣服的摺法

從外套到上衣，從長褲到襪子，每類衣服都有摺得平坦整齊的方法。不同大小和厚度的上衣和長褲，也有方法摺成同一大小的方塊，整齊地疊起來。以往習慣包成球體的襪子，也可以摺出平面。

------------------------------------ 上衣 ------------------------------------

摺法 按縫線攤平和對摺，然後把衣袖往內摺至外邊呈直線，長袖則要把衣袖再對摺至闊度與衣身一致，之後把上下兩端往中間線內摺，然後再對摺。

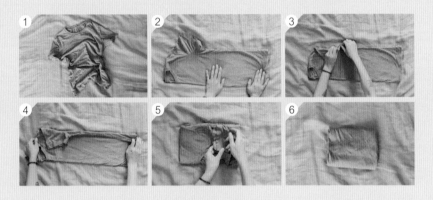

------------------------------------ 連身裙 ------------------------------------

摺法 按縫線攤平和對摺，然後把腰部的弧線部位往內摺，外邊應該呈直線，之後把上身和裙腳往中間線內摺，然後再對摺。

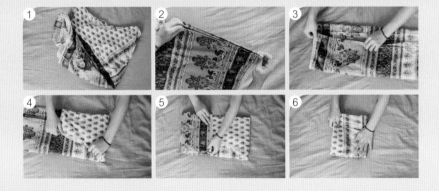

長褲

 摺法
按縫線攤平和對摺，然後把褲襠的一角往內摺，外邊應該呈直線，之後把褲頭和褲腳往中間線內摺，然後再對摺。

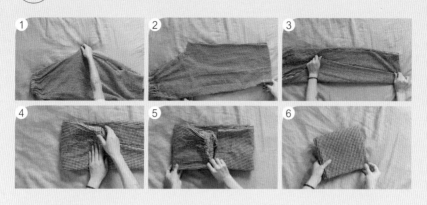

襪子

 摺法
襪子也可以摺得平坦，方法就是把襪子攤平，然後把兩隻襪子交疊成十字狀，再往內對摺。

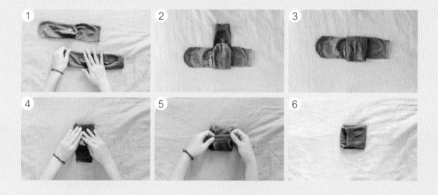

善用你的一雙手——
修補衣物

聞說僧侶是不會隨便扔掉舊衣，不能再穿的會改造成坐墊、做抹布，甚至再混合白灰當作牆壁塗料。這不僅反映了減少浪費和污染的環保美德，更是潛藏着一種通曉造物用途的智慧：我們需要的東西，很多時候不必用金錢換來，用自己的一雙手就可以做得到！

願意修補衣服，並不代表我們沒有錢買新，而是代表我們有這份修養去欣賞和珍視衣服，並明白到這是一門藝術和生活哲學。自己動手修補衣服，並沒想像中那麼費時間，反而從中學會象徵人類文明智慧的技能，讓自己體驗一下：原來我們的一雙手可以有多厲害和靈活，原來有很多東西都不用購買，因為資源早已在我們的家中。

● 在零消費下度過時光，我多了嗜好，會慢慢修補家中的物品。

既是修補，也是修養！

熟習針黹

懂得用針是修補衣物的基本法門，而且有很多不同的
用途。例如平針是做 Visible Mending 的基本方法；迴
針則會令針線更加堅固；以毛邊縫和星點縫把兩塊布
縫合，則有裝飾的作用。對針和藏針可以不見痕跡地
把兩布縫合。Fashion Clinic by T 主理人 Toby 曾推行
「Slow Stitch Nomad」計劃並分享基本針縫教學，大
家不妨一看 [4]。

徽章 / 熨貼

用徽章和熨貼修補衣服是最簡單不過的。只要用縫線或熨
斗（如徽章底部有膠水）就可以用喜歡的徽章覆蓋破洞。

❶ 在衣物上利用熨斗加熱，把小巧的熨貼圖案貼在布上，衣物變得不單調。

4　https://www.fashionclinic-by-t.com/slow-stitch-exercise

拼布

拼布就是用布碎縫在衣服的破洞上，而且是善用舊衣的好方法。從舊衣或其他舊布剪出適當的大小，然後蓋在破洞並開始縫補。

↑ 拼布牛仔褲充滿復古風味。

↑ 縫補時，把拼布的邊緣往內摺後才落針，那麼就會更加整齊和耐穿。

Visible Mending

日本刺子繡和 Boro 風格繡花亦是修補衣服的好方法。你可以把拼布縫在破洞的表面和底部，既可縫出圖案，亦可以隨意縫補。

↑ 將破布縫補到牛仔褲上，並任由縫線顯露出來，型！

襪子的洞修補好了

修補襪子的方法是「織補」（Darning），就是用毛冷、繡線或普通縫線織進衣服表面上，把破洞填補起來。

材料　織補菇／表面圓渾的物件，如網球、燈膽等、橡筋、長幼織補針、粗幼度與襪子紗線相約的繡線、毛冷或縫線。

做法
1. 先把要修補的襪子翻轉，用橡筋把破洞固定在織補菇，面向你的應該是襪子的底面，盡量把破洞拉闊。
2. 可用水溶性顏色筆，劃定織補的範圍。
3. 畫出方形後，便從左下角開始，把縫線從左下角開始以「一針底一針面」的模式往上縫至左上角，縫好後的第一行長度應該完全蓋過破洞的高度。
4. 第二行則往下重複，但上下紋理應該與第一行相反。
5. 之後一直重複第一、二行的步驟，直至縫到四方形的右下角。
6. 接着，開始橫向修補。重複這些步驟，完成後剪線，不用打結。最後把襪子翻過來。完成！

❶ 織補菇（Darning Mushroom）一般都可在縫紉店買到。

❶ 把破洞固定在織補菇上。

❶ 修補完畢，襪子花紋獨特。

把舊衣升級再造──
變成美觀實用的家品

舊衣可以改造成許多不同的日常用品,以下是我
們家中用舊衣再造的「新成員」:

⊜ 自己動手織,形成獨
一無二的梭織餐墊。

⊕ 用舊衣織成的拖鞋。

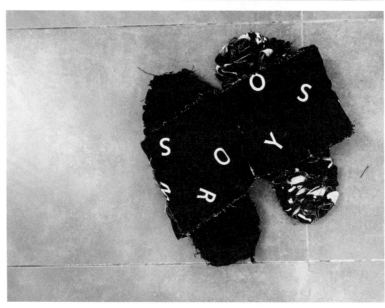

T 裇布條

把衣物變成布條，可以做出千變萬化的東西！你可以編織或梭織的方法，把「布冷」織成不同的布品。

- 先把舊衣平放在枱面。
- 剪去兩腋以上的部位。
- 再把衣服兩側的縫邊剪走。
- 最後把剩下來的布段，橫向剪成約 2 厘米闊的布條。

Zokin 雜巾

我們家有十幾塊抹布，全部都是自己親手做，靈感來自日本的「雜巾」（Zokin）。「雜巾」背後有一段文化淵源，在舊時生活艱難的年代，紡織品珍貴如金，所以日本人會把舊布拼縫合，這股文化變成別樹一幟的「襤褸」（Boro）美學。時至今日，日本的學生要自備雜巾清潔校舍，儘管可以輕易買得到，有些家長還會把舊毛巾和爛巾縫合自製雜巾，體現「勿體無」（Mottainai，意指「莫浪費」）的惜物智慧。

已經褪色和殘舊的純棉上衣，是很好的抹布用料。如果家中有嬰兒衣服就更好，因為嬰兒服的質料

通常更好，更加適合做抹布。同時可以充分利用破舊襤褸的浴巾 —— 畢竟舊毛巾是沒有回收重用的價值，唯一的出路就是變回原材料 —— 紡織新紗。可是，我們的目標是從家居開始達至零廢棄，自己一針一線地縫製抹布，本身就是一個讓自己靜下來的過程。

材料　破舊的毛巾、純棉舊衣、針線、熨斗。

做法
1. 把舊毛巾剪成小方塊，大小可隨需要而定。
2. 用一塊從舊衣剪出來的布塊包裹毛巾小塊，然後熨平。熨平可令布塊更貼服，避免在縫合時走位。
3. 隨便用你想要的針黹技巧縫合四邊。
4. 可用刺子繡的技巧，在雜巾的正背兩面縫出不同紋理，或者在兩面縫上其他小布塊，既有裝飾之用，最重要是把毛巾和布塊縫得更加牢固，這樣可以更加耐用。

❶ 剪毛巾

❶ 包小塊

❶ 縫合四邊

❶ 採用行針

❶ 完成

梭織餐墊

在手工藝用品店或網上購買的織框或刺繡框是很實用的工具，也是我至今深感驕傲的「投資」，因為它們可以很快把舊衣、舊布料和舊毛冷（編織後剩下的那些少毛冷，或從舊毛衣拆出來亦可），變成耐用和獨一無二的家用餐墊。如果不想購置現成工具，希望就地取材的話，紙皮亦是不錯的選擇。

材料
- 紙皮
- 布料——床單或枕頭袋、皮條、毛冷、平紋衣服、碎布、梭織布料（例如裇衫、牛仔布、連身裙等）
- 棉繩或麻繩

❶ 織框是織布習作中不可缺少的好幫手。

方形梭織示範：

做法

1. 先把布料製成布條。
2. 用紙皮剪成你想要的大小。
3. 在方形紙板的上下兩端剪出平均的小缺口，每個缺口之間相隔約 1.5 至 2 厘米，深度是 1.5 至 2 厘米；上下兩端的缺口應該相稱。
4. 把棉繩從正面攝入左下端的第一個缺口，並翻轉背面打結，可用膠紙固定位置。
5. 翻回正面，把棉繩往上拉至上端的第一個對稱缺口，繞至背面，再從第二個缺口拉回正面，再繞至下端對稱的缺口。如此類推，直至把棉繩攝滿整個織板，把背面的棉繩尾端打結和固定位置。
6. 從左下方開始梭織，先在布條的頭段預留約 2 厘米，然後把布條繞至第二行線的底部，再跨過第三行線的表面，如此類推地重複織下去。
7. 要接駁布條，你可以選擇打結，或者像第一條布條那樣在開端預留 2 厘米，待完成後再整理布尾。
8. 在梭織期間，你可以隨意更換其他顏色的布條，塑造你想要的變化。
9. 完成後，小心把梭織成品拆離紙板，平放在枱上，再把棉繩剪斷，繼而打結，重複至所有流蘇都打好結為止。
10. 整理不整齊的布尾，只要把它們攝入成品的經緯之間藏好即成。

註：圓形梭織的編織方法與方形梭織相若，分別主要是圍編的方法是從圓心開始往外圍編，以順時針方向。

⬇ 把棉繩攝入織框內。

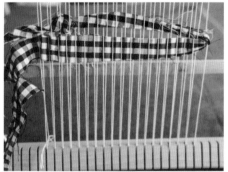

🔼 梭織期間，需留意布條是否固定不走位。

🔼 固定後的梭織紋理，條理分明。

🔼 靜心地編織，也是淨化內心的過程。

永續時裝是甚麼 ——
學習像山一樣思考

美國生態學家奧爾多・利奧波德（Aldo Leopord）為世界留下一篇發人深省的故事，名為《像山一樣思考》[5]：牧人以為山上的狼群殺光，就可以獵得更多鹿皮。誰知道最懼怕狼嚎的鹿群，從此肆無忌憚地把山林吃至禿光，最終因為不夠糧食而餓死。沒有樹木的後果就是土石流失，山林或者幾十年都無法恢復原貌。牧人殺狼時沒有想過這一點，因為他活得不比山久，無法像山一樣思考。而山一早便知道，牧人的行為會帶來甚麼後果。

在這一刻，我們身穿的衣服，其實都在無聲地與世界連繫與互動：一個消費抉擇的蝴蝶效應會牽動遠方某製衣工人的生計，或者有機會減少對萬物的傷害。要明白我們的衣服與永續發展的關係，確實需要像山一樣思考，思考怎樣透過身上的衣服，給地球帶來一點善。

---

5 《像山一樣思考》*Thinking Like a Mountain* 出自奧爾多・利奧波德（Aldo Leopord），1949 年著作《沙郡年紀》*A Sand County Almanac*。

❶ 我們穿着的衣服，都在無聲地連繫着世界。

你需要知道的事

知識是可以影響習慣的，知道以下要點，往後每提到時裝，我們都可以學習像山一樣思考：

- **我們的衣服很渴**：從種植原材料到紡紗，以至製造衣服的漂染和加工，每一件衣服都喝下很多水。單是一件純棉 T 裇喝下的水，足以讓我們飲用 900 天[6]。85% 足以讓印度全國人口飲用一天的水源，卻用來種植穿在我們身上的棉，但印度有一億人口卻無法取得食水。

6　Chang, A. The Life Cycle of a T-shirt. *TED Ed.* https://ed.ted.com/lessons/the-life-cycle-of-a-t-shirt-angel-chang

- **告別皮草**：任何對自然生物鏈的干擾都與永續背道而馳的，例如捕捉和繁殖不應穿在我們身上的雪貂、狐狸、兔。加上保護動物權益的道德觀念，更加是不為現代文明所容許。

- **別為美麗而欺負工人**：每一件衣服都是有成本的。我們能夠以極低的價錢，在速食時裝店購買源源不絕的新衣，是因為遠方有人為我們付出了代價。一件衣服的價格，把它縫製成形的工人薪金所佔的比重是最少的[7]。

- **別買廉價鞋履了**：鞋履是以很多不同物料製造，被丟棄後無法當作單一物料循環再造，所以選擇耐穿鞋履既有在二手時裝店轉售的潛力，又可以減少堆填區的負擔。

- **支持在乎的品牌**：永續的廣義涉及環境、社會和經濟層面，而且有越來越多品牌都重視它們在這些方面的貢獻和影響。選購用心在乎的品牌，也是支持它們把世界推往美好的方向。時裝品牌評分組織 Good on You 的品牌評分，是簡單快捷的參考。

---

7 根據永續時裝倡議組織 Clean Clothes 的數據，一件售價為 17 歐元的衣服，工人只獲 0.18 歐元的薪酬。
https://cleanclothes.org/poverty-wages

注意你穿的衣料

2.8

對於甚麼是永續衣料，定義至今還沒有統一的說法。有些人崇尚純天然布料；有些人拒絕動物產品；有些人則認為再生物料相當可取。這些都是值得考慮選擇的，但每一樣都各有好壞。例如，羊毛存在着動物權益的爭議，但無疑是天然環保的物料。說到底，每購買多一件新衣就是對地球增添一份壓力，還是減少購買衣服為佳。

❶ 永續的衣料對地球有善，自然可減少我們對環境和萬物的傷害。

竹	• 經常聽到人説，竹是好東西，但為甚麼竹纖維大受推崇？因為竹的生長速度快、用水量少、種植時無需使用殺蟲劑和化學肥料，是更符合永續發展原則的植物資源。但有一種很普遍的竹纖維物料，稱為「人造絲纖維」（Bamboo Rayon），其製造過程耗用大量化學劑，故不是可取的衣料。
有機和再造棉	• 有機棉的確令人又愛又恨！在種植過程不用有害殺蟲劑、人工肥料和基因改造種籽，是取代傳統植棉方法的好出路。在購買時，不妨留意公平貿易標記和其他認證標籤，例如 GOTS 和 Better Cotton Initiative 等。前者代表生產過程不用對環境和農夫有害的化學肥料或殺蟲劑；後者則代表棉農符合水資源、土壤健康和自然棲息地等各方面的標準。
亞麻及大麻	• 亞麻（Linen）和大麻（Hemp）同屬一科，能夠不使用肥料、在乾旱的地區生長，用水量少、有益於土壤健康。亞麻又稱「胡麻」，歷史可回溯至古埃及，加上亞麻籽、亞麻油和亞麻葉都有用處，故可以做到零廢棄。只要生產過程沒使用有害化學品，即可生物降解。這兩種耐用的衣料涼爽吸水，是不錯的棉替代品。

TENCEL™ Lyocell	• TENCEL™ Lyocell 被譽為最永續的衣料，它是一種從木漿提取的纖維，既可堆肥，而且生產過程中的碳足跡低，所需的染料亦比棉少。只要沒有混入人工合成物料，亦可以生物降解。
羊毛	• 羊毛符合某些永續原則，它是純天然物料、可生物降解、保溫性佳、不會釋出微膠粒，是很好的可再生布料。可是，羊毛並非完全沒有問題，動物權益組織 PETA 多年來亦提倡廢除羊毛，因為羊毛業有很多殘害羊隻的案例，例如盛產羊毛產品的澳洲有一個傳統做法稱為 Mulesing，即是在無麻醉劑的情況下，把羊隻屁股的一撮皮肉割去以防止蒼蠅。另有些地區為了生產羊毛而大幅增加羊隻數量，過度放牧導致某些地區沙漠化，例如印度和蒙古等。 • 選購時不妨留意認證。Patagonia 在 2014 年發起建立的 Responsible Wool Standard[8]，就動物權益、土地管理和農場作業模式制定標準。紐西蘭的 ZQ 認證 [9] 亦就動物權益、環境永續性和社會責任方面訂立標準。另邊廂，越來越多品牌選用再造羊毛，而它必定是最符合永續原則的選擇。

8　https://textileexchange.org/standards/responsible-wool

9　https://www.discoverzq.com/

塑膠再造衣料 (rPET)	• 把塑膠回收再造成衣料，無疑是解決塑膠問題的出路，而且為塑膠賦予新生。有些具彈性的衣物通常不會是以百分百天然衣料製造，例如內衣等，Recycled Polyester 較 Polyester 可取。可是，rPET 跟原聚酯纖維（Polyester）一樣，可能會在洗滌過程中釋出微塑膠，所以洗滌時宜使用能夠捕捉微膠粒的洗衣袋（例如 GuppyBag）或加裝洗衣機過濾網。
	• 另外，rPET 製造的衣物通常混入其他物料，因此根本無法回收，所以購買此類衣物要好好善用，不要隨便丟棄。
菠蘿皮革	• 以菲律賓菠蘿葉纖維製造的「植物皮革」（Piñatex）比傳統皮革可取得多：非動物製品、用水量較少，沒有使用對野生動物有害的化學劑，而且剩餘的菠蘿葉會回收用作肥料等。
ECONYL	• 被漁夫遺留在大海中的尼龍捕魚網嚴重威脅鯨魚、海豚、鯊魚等海洋生物。儘管不是天然物料，但 ECONYL 再生尼龍則採用這些漁網製造，有效清潔海洋，是不錯的選擇。跟 rPET 一樣，再生尼龍同樣會在洗滌過程中釋出微膠粒，洗滌時宜使用能夠捕捉微膠粒的洗衣袋，或加裝洗衣機過濾網。

| 再生羽絨 | • | 我們常見的羽絨褸和羽絨被是來自鴨鵝身上的羽毛，多年來都有殘害對待動物的爭議。再生羽絨則提取自家居廢物，而不會傷害動物，無論從道德，抑或環境層面來看都是理想的選擇。 |

| 再生橡膠 | • | 橡膠是很普遍的鞋底物料，但在生產過程中採用大量化學品，對環境非常有害。近年越來越多品牌採用的再生橡膠是來自舊車胎，選擇再生橡膠既可以減少紓緩堆填區的壓力，同時避免其有害物質污染大地。 |

甚麼叫「買更少，選更好」？

在 2014 年，英國時裝設計師 Vivienne Westwood 講過「買更少，選更好」（Buy Less, Choose Well），並在品牌時裝和巴黎門店的櫥窗印上這句妙語。「因為我們不需要這麼多。」她在英國《衛報》的座談會上笑言[10]。時至今日，這句時裝品牌標語依然常見於網絡世界。推廣永續時裝的組織無不把它奉為至理名言。

10　Vivienne Westwood on Capitalism and Clothing, YouTube, October 30, 2014.
https://www.youtube.com/watch?v=cik7qDIBVPk

❶ 多在整理衣櫃上花點時間和心思，是對生活與內心的一點善意。

買得多、選得劣的原因

這位龐克教母之所以呼籲減少購買新衣，是因為一件衣服的真正價值並沒有反映在它的價格標籤上。每一件衣服都是經過種植和採摘原材料，繼而紡織成布匹，再由幾雙手把它縫成衣服，幾經迂迴來到我們的衣櫃。這個漫長的過程，一百幾十元應該抵償不到吧！時裝商品能夠掛上經濟實惠的價錢牌，是因為遠方有人代我們付出了應有的成本，包括：成本較低的化學染料、質料欠佳的物料，還有收入不夠維持生計的製衣工人。商家可以把衣物價格調低，是因為用料欠佳的衣物壽命較短，所以可以賣便宜一點。因此「買更少、選更好」，是脫離這個惡性循環的良策。

怎樣做到買更少、選更好？

時裝設計師好友說過：「好的時裝是值得穿一世的。」一件好衣服，應該在品質、布料和設計做得優秀，難怪反映在價格上。當衣櫃裏的服裝都是略為昂貴但耐穿，我們自然不捨得也無必要捨棄。現有的衣服給你充分的滿足，購物慾和購衣量自然減少了。

難道只有昂貴的衣服才算是好？不一定。購買衣服的時候，除了放眼於價錢、款式是否給你短暫而強烈的興奮（試過買完衣服就後悔？因為我們被它騙了），把舒適與耐穿加入衡量指標之中。值得穿一世的衣服，其布料和剪裁應該讓皮膚舒適、心情自在。衣櫃中的衣服，有給你這種感覺嗎？

我喜歡看品牌的故事和理念。重視環境和社會責任，對品質和用料有一份執着的較容易得到歡心。偶爾整理衣櫃、實行「三天考慮期」（即是考慮三天才決定是否掏荷包）都是「買得少」的要訣。

讓好衣留下來

「買更少，選更好」之後還有一句 ——「讓它持續下去」（make it last）。畢竟衣物的壽命視乎我們何時放棄它。所謂放棄，未必指讓它從此離開你的衣櫃；不再願意珍惜護理、悉心洗滌、耐心修補，任由它躺在衣櫃的一角不見天日，或者看着破洞越來越大還是置之不理，也是一種放棄。所以，當你用心呵護現有的衣服，讓它們持續地在衣櫃生活下去，人自然就會買更少、選更好。

| 2.10 | 衣櫃療程──
與衣櫃重修舊好的三部曲 |

第一部曲：清減禮

- **抽時間**：騰出一個時段，早午晚也好，在日程表上預留時間給你的衣櫃。這些給你良好感覺和美好回憶的衣服是值得花時間好好相待的。

- **衣衫只配得到劏房般的空間**：再多的衣服也只是要服務一雙眼睛、一個身體。騰出太多空間放置衣物，結果只會有衣服被白白冷落。

- **誠實挑剔**：你可以敞開心扉，誠實回答，你真的想這件衣服留低嗎？從未穿過或甚少穿着的衣服，再保存也只會繼續是不穿或少穿。

- **以習慣和舒適為先**：沒有衣服是所謂的「衣櫃必備」，明明很少出席隆重場合，何必非要有晚裝不可？明明是好動，何必硬要有一件小黑裙作後備？已經不合身的衣服，暫且放手吧！

- **集中存放**：別把衣服散落於家中各處，只有把衣物集中存放，才會方便揀選，這樣每件衣物才會得到你的「重用」。

第二部曲：保持清減

- **貴精不貴多**：本地二手時裝店 Green Ladies 的更衣室內有三個掛勾，分別寫上「Yes」、「No」和「Second Thought」。不妨在內心建立這樣的系統，只揀走二話不說便「Yes」的那類。現在於你的內心只引起一句「Maybe」的衣服，它往後很有可能只會繼續留在「Maybe」的掛勾上。

- **經常整理**：摺衣可讓你靜下來，也是增添能量的方法。每件衣物都摺好才放進衣櫃，或者定時傾倒出來再摺一次。經常整理不僅是為了保持衣櫃整潔，也是為了更新你的記憶，提醒自己衣櫃裏的每一個面孔。

- **處理內在問題**：我們購買衣服的衝動，有時是源於內心的缺口。好好處理內心的問題，是預防胡亂買新衫的方法之一。

- **追求體驗而非物質**：別把太多心思花在衣服和物質消費上，外面的世界有很多精彩的體驗有待你去探索。

- **別追看社媒照片**：非說要即刻取消關注，但在瀏覽時別讓內心被照片渲染的消費訊息牽着走。

第三部曲：好好處理捨棄的衣物

- **不要「捐贈」**：世界上需要我們舊衣的人，其實沒我們想像般那麼多。事實上，很多接收舊衣的機構也是供過於求，但你的身邊或圈子裏，或許有其他人會愛上你的衣服。所以要捨棄衣物時，請不要第一時間就把它們捐走，而且先嘗試以下的方法。

- **分享與交換**：你眼中的舊衣，對其他人來說其實充滿新鮮感，所以古着才會如此盛行。不妨向身邊的親朋好友探問，説不定他們最近也想買類似的服飾。當然，與好友交換亦是很好的方法，就如我們初次舉行換物派對一樣。

- **轉贈二手時裝店寄賣**：聖雅各福群會旗下的二手時裝店 Green Ladies 是接受寄賣的，而近年越來越多二手時裝店亦願意接收衣物，不妨搜尋一下，這樣亦是支持二手時裝事業，減少衣服的後續碳足跡。

- **自己動手升級再造**：平時用來看電視、「碌手機」、上網、因為悶而吃喝購物的時間，其實都是應該充分利用的時光，跟隨前文介紹過的方法升級再造，家中既會增添一件實用物品，而你亦可以熟習一門象徵人類文明智慧的手藝。

Q&A

Q1.

穿到破損和鬆馳的襪子，該怎樣處理？

破洞是可以修補的。一般縫紉店都有售賣一種稱為「織補磨菇」（Darning Mushroom）的修補工具，可以把襪子套上去，把破洞撐大後用毛冷、繡花線或棉線修補，相關的教學影片在網上很容易找到。

Q2.

純素皮革是塑膠嗎？有甚麼非真皮的耐穿物料？

對，市面上很多聲稱是「純素仿皮革」的都是聚氨纖維（PU），它的原材料還是石油，既容易磨損又會脫出塑膠碎片，對環境帶來污染。現今有很多新興純素皮革都很耐用，例如仙人掌皮革（Desserto）、菠蘿皮（Pinatex）和蘑菇皮革（Mylo）等。

Q3.

家中長輩因為傳統觀念而對二手衫很抗拒，覺得是「執別人的垃圾」，甚至可能是「死人的衣服」。我可以怎樣說服他們？

我家的長輩以前也有這種觀念，而且以環保的角度難以說服他們。不妨嘗試用經濟和健康的原因向他們解釋，例如對於奢侈名牌或設計師品牌的二手衣服，可以說是用很經濟的價錢買到很高質素的衣服，既可讓荷包大省一筆，而且很多款式都是市面難求的。況且，二手衣物已經過多番洗滌，沒有殘留有害的染料和化學品，穿着時可以更加安心。

CHAPTER 3

食

正念飲食滋養大地

在生活中最值得花心機的環節，我深信非食物莫屬。它既是維持生命的根本，也連繫着味蕾。我們既要營養均衡，又注重味覺的享受，但食物與我們的關係，其實是遠超於此。

食物是我們的情緒鏡子。英國 The School of Life（這是一個國際組織，透過目標導向、深度討論等互動練習，協助人活出自己想要的人生。）曾推出一本食譜書，稱該書為「滋養和啟發的食譜」。有份參與編撰的哲學家、廚師和心理學家們相信，合適的食物不僅令我們健康，還可以改變情緒，所以所整合的食譜可以幫助我們「回復對自信與生活的希望[1]。」

食物也是一種修行，它重要到一行禪師要著書單談「怎樣吃」[2]，闡釋從買菜、做菜、挾菜，以至飯後每個環節是怎樣與培養正念環環緊扣，以及與一同用餐者的交流與情感連繫。

我們進食時所連繫到的，不僅是枱上的食物、跟我們進餐的人，還有我們的價值觀、文化、與世界的關係。我們選擇的食物既關乎農夫、社會和世界，尤其喜愛的食材怎樣影響遠方的農民，而我們同時又可以透過食物為世界帶來正面的影響。

我們選擇甚麼食物、怎樣準備食材和怎樣去烹調，在與食物交流的整個過程中，情緒都會起變化；而我們從中吸收到的身心能量，與一起進食者的交流與連繫，每一項都是值得尊重與珍視的。希望這一章會讓你與食物的連繫更進一步。

1　The School of Life. (2020) *Thinking and Eating: Recipes to Nourish and Inspire*. London: The School of Life Press.

2　一行禪師（2015 年）《怎樣吃》。台北：大塊文化。

我的食物哲學關鍵詞

3.1

＃素食

每位素食者都會有一個「aha moment」（頓悟時刻），說了那一聲「aha」之後就決定不用讓餐廳和飲食文化決定我們應該吃甚麼。我的頓悟時刻大概在九年前發生。此前不久一位朋友忽然成為純素者，某次聚會我問他茹素的感覺如何，他回答說：「很舒服。」他堅拒再吃動物製品的原因，我是非常認同的。而就是因為他把理念付諸實行，亦讓我反思自己怎可以對環保與動物權益紙上談兵。自此，我的盤中餐內再無肉食。素食亦成為我最重視和堅信不移的食物哲學關鍵詞。

◯ 茹素後不再用肉食塞滿腸胃，反而令我們吃得更豐富。這個壽司卷是用椰菜花、牛油果、意大利青瓜和無花果製作。

茹素的初衷很簡單：我無法在大快朵頤的時候，不想起肉食工場的聲音與畫面，以及看着惹味的肉食時不想起它們的本來面目。況且，肉食習慣不符合永續原則，這是客觀的科學。肉食工業是需要大量土地來維持，而每年南美洲都有大片森林被砍伐以栽種飼料給工業農場[3]，而這些農作物本身就足以為全球人口供應糧食。政府間氣候變化專門委員會的 2019 年特別報告[4] 罕有地呼籲全球人類減少吃肉，並把植物性飲食形容為應對和適應氣候變化的重要方法。所以，素食不再只是一個喜好，而是一種環境主義的行動。

當年素食在香港只是初成氣候，親友都擔心說素食者會「唔夠營養」。事實上，把肉食剔出飲食清單，反而讓人更加注重自己的飲食，以及更懂得欣賞不同的植物性食物。現在我們所吃的比從前豐富多了。

3　https://www.greenpeace.org.uk/news/why-meat-is-bad-for-the-environment

4　https://www.ipcc.ch/srccl/

茹素比較健康嗎？

不吃肉並不代表就會馬上健康。要健康地茹素，不僅要把肉食剔除，還要均衡地進食各類蔬菜、水果和豆類製品，以確保攝取充足的蛋白質、奧米加 3 脂肪酸、微量營養素和維他命 B_{12}。然而，不少研究亦指出無肉飲食可能會降低患癌風險、穩定血糖、有助減輕體重和促進心臟健康[5]。可是，我亦聽聞過有朋友因為健康問題而不能茹素，所以我覺得應否茹素是因人而異的。

畢竟，茹素是一個選擇，而不是規條。關鍵在於你選擇吃甚麼，而不是你「不可以吃」甚麼。

素食門派

素食有很多門派，包括：蛋奶素就是吃蔬果、蛋類和奶類製品；蛋素則吃蔬菜和蛋類；奶素是蔬菜和奶類。海鮮素則是偶爾會吃蔬果、蛋奶類和海鮮；純素則是只吃植物性食物，不吃蛋奶類製品和任何來自動物的食品，包括蜜糖；彈性素則是維持雜食，但會減少進食肉類。

5　https://www.healthline.com/nutrition/vegetarian-diet-plan#benefits

氣候友善飲食

近年興起了「氣候友善飲食」（Climate-friendly Cuisine）這新詞彙，其理念是透過精明和氣候友善的飲食，幫助解決全球氣候和糧食資源失衡的問題。

為甚麼我們選擇吃甚麼，不應該只以自己的口味與喜好為標準？我們的飲食習慣與碳排放有莫大的關係。哈佛公共衛生學院的華特‧威利特教授（Professor Walter Willett）曾明言要在 2050 年把大眾對健康飲食的習慣大幅轉變為：「水果、蔬菜、堅果和豆類食品的全球食用量要增至雙倍，紅肉和糖等食用量要減少超過一半。富含植物性食物的飲食、減少來自動物的食物可以改善健康和有利於環境。[6]」

----

6 EAT. (2019) *Food, Planet, Health: Healthy Diets from Sustainable Food Systems*.

● 氣候友善的飲食就是善用每一份食物資源，我們正準備把洋葱皮烘乾製成洋葱皮粉。

我最初是從英國廚師湯亨特（Tom Hunt）在《衞報》「Waste Not」專欄裏讀到「氣候友善飲食」一詞。他倡議的美食哲學以環境為先，同時不會犧牲喜悅、味道和營養的飲食之道[7]。他提出了「根果兼用」（Root to Fruit）的永續飲食理念，並把它細分為三個核心價值觀：（1）本着愛、信心和創意來為喜悅而吃；（2）吃整全食物，不造成浪費、吃大部分蔬菜、選擇本地和時令食材；（3）盡量吃最好的食物，支持更好的農業模式、支持公平貿易。單是要做到這三點，當中已有很多知識尚待探索，只是我們習慣了被高級食府、昂貴進口食材寵壞而從未發掘而已。

另邊廂，加拿大環境組織 Climate Change Connection 則簡煉地提出五個要點[8]：

（1）購買鄰近（Nearby）農夫的食材，從而減少食物進口製造的污染；（2）選擇零包裝（Naked）或極少包裝的食材；（3）選擇高營養（Nutrients）、低防腐劑和其他化學添加劑的食材；（4）選擇新鮮時令（New Now）或自家種植的食材；（5）選擇天然有機（Natural）、不含化學添加成分的整全食物。

7　Hunt, T. (2020) *Eating for Pleasure, People & Planet.* Kyle Books. p.7

8　https://climatechangeconnection.org/solutions/personal-solutions/climate-friendly-eating

食養料理

2018年初見生活書院[9]介紹食養料理（Macrobiotics）工作坊，看見「自然飲食法」、「療癒心靈」等字眼而報名。導師岸本太太是香港人，因為向奶奶學煮日本菜而發現了箇中的豐富哲學。她的「教學中心」[10]以「Food for Soul」為名，這說明了食物是靈魂的救藥。在她的課堂所學的，難以用三言兩語說明；她教導了怎樣清洗薯仔，讓我們學會天然味琳和含添加劑的味琳在味道上有何分別，煮菠菜時要注意甚麼。如此簡單的一頓藏有很多細緻的學問。那不僅是學問，是智慧。

此外，她更讓我們學習到食物與情緒和心靈的關連。後來我的妹妹上了較全面的食養料理課，事後她叫我做一個心理測驗，結果說明我是「木型人」。她說：「我上堂時猜到你是木型人！」令我覺得特別微妙的是，她概括地說出木型人需要的食物是包括發酵和酸味食品 —— 我的確特別喜歡發酵和酸味！

食養料理融合東西文化的養生和食療哲學，食療料理之父櫻澤如一在著作中這樣形容，大自然本身已是偉大的治療者，所有疾病、不快樂、罪案和懲罰都是違反宇宙定律的行為而造成的，而治療方法就是「停止違反那個定律，並讓大自然

9　https://everydaylife.org.hk

10　https://www.foodforsoul.hk

❶ 食素料理講求食得自然,就連清洗薯仔也變成值得慢慢做的事。

施行它的神蹟。[11]」它崇尚以自然的方式進食,從飲食中靜思生活。還記得她多次強調「身土不二」,我們的身體要順應自然定律,而所吃之物亦可以治療我們的情緒與心靈。這門把食物與自然、身心連繫起來的飲食哲學,絕非任何珍饈百味可以媲美。

---

11 Ohsawa, George. (1995) *Zen Macrobiotics: The Art of Rejuvenation and Longevity* (Fourth Edition). California: George Ohsawa macrobiotic Foundation.

食物里數

一個最理想的食物系統，就是人人都能負擔得起以環境友善方式栽種的營養食物，英國倫敦大學城市食物政策中心總監歌蓮娜・霍肯斯教授（Professor Corinna Hawkes）是這樣的認為[12]。若我們注重食物里數，就可以向這個理想的系統邁進一步。

「食物里數」即是消費者與食物原產地之間的距離。儘管有些學者認為空談食物里數是無意義的，但不容置疑的事實是：當食材的運輸里程愈長，製造的碳排放亦愈高（尤其是空運），所採用的包裝物料亦愈多（這解釋了為甚麼超市很多食材都有不必要的塑膠包裝）。加上，香港近乎完全依賴糧食進口，習慣甚至崇尚來自世界另一端的食材。來自老遠的食品，在我們眼中都像即時短訊一樣，理所當然且毫無距離感。

對我來說，食物里數不僅是看運輸過程的碳排放，更是思考我們的食物選擇對原產地的影響。例如風靡全球的牛油果對墨西哥的生態影響；加工食物常用的棕櫚油如何導致森林砍伐等。

---

12 https://horizon-magazine.eu/article/climate-friendly-diet-
    means-rethinking-entire-food-system-researchers.html

❶ 這是自家製麵包配香港製造的芫荽醬，食物里數很短。

幫襯本地菜　振興本地農業

若進食時考慮到食物里數，美洲的牛扒、澳洲的海鮮和挪威的三文魚就會變得沒那麼吸引，鄰近亞洲地區的食材、本地菜，甚至自己種植的食材反而更加可貴。要完全只吃本地食材是不可能的，畢竟我們的城市依賴食物進口，而且食物出口業亦是很多地區的經濟支柱。

選擇本地菜，自然會引伸至「不時不吃」的概念。就如食養料理學所指，我們的身體要順應自然定律，吃時令蔬果就是順應四季更替的模式。季節的變化不僅劃分了哪些蔬菜的豐收期，也改變着我們身體的需要。炎夏需吃水分豐富的瓜果，秋冬吃滋潤暖身的食物，這些既是滿足自然的健康需要，亦有利於環境。

我們家的零廢棄廚餘系統

香港的堆填區有接近四成的固體廢物是廚餘[13]，儘管這一類廢物很多都是來自工商業，但我們都要為這個數字負責。可是，我城至今尚未有一個完善且全面普及的回收廚餘系統，讓每家每戶都把廚餘送到妥善的回收點，很多家庭至今依然只可以把廚餘丟進垃圾桶裏。與其等待完善的體制來臨，我更相信每個人應該從自身做起。

---

13 https://www.epd.gov.hk/epd/tc_chi/environmentinhk/waste/prob_solutions/food_waste_challenge.html

❶ 現在過着豐饒的日子，有幾多人會想起上幾代人捱窮的艱辛歲月？

記得在尼泊爾的時候，我曾跟當地婦人學習用不新鮮的蔬菜製作餃子。意大利名廚 Massimo Bottura 曾表示，小時候最愛喝的鮮奶湯就是老化的麵包、暖牛奶和咖啡機裏的最後一口咖啡。

當世界沒有垃圾桶

在新冠肺炎爆發的時候，社區廚餘回收計劃停了。現在由於已經習慣不再把廚房廢物丟進垃圾桶，於是我們開展了「零廢棄廚房計劃」，嘗試發掘更多方法去把廚房的廢物量減至最少，並開設社交媒體專頁[14]，記錄我們嘗試做到廚房零廢棄的經驗和歷程。

零廢棄廚房計劃是這樣的：我們每次遇到平時扔到廚餘回收桶內的東西時，就會研究可以怎樣善用它，務求垃圾桶裏不會有廚房的垃圾。我們發現很多平時習慣放棄的食材，都有不同的用處。紅菜頭葉和蕉花是可吃的；白蘿蔔葉就是雪菜。我們不僅學會很多善用廚餘的方法，甚至找到更多食譜來善用廚房的每一分資源，好像洗米水既可灌溉，亦可用於髮膚；果瓜籽何不留來種植？

蕉皮既可以重吃，又可以用來浸水或曬乾後研磨成為液體和粉狀肥料，亦可以用來抹皮鞋（然後還是再堆肥）。

---

14   https://www.instagram.com/zerowastekitchenhk

以下是總結我們家經驗而得出的系統，它未必涵
蓋每樣廚餘，但起碼可以給你一些靈感：

如何處理廚餘？

盡量食清光	• 西蘭花、椰菜花、菜心等蔬菜全棵食用。 • 對於玻璃瓶內的殘餘醬料，倒入熱水以混合剩醬，然後倒進鍋裏。 • 平時煮菜盡量少用水，或把煮完後的剩餘湯汁留作高湯。 • 素食火鍋的剩餘湯底，可以留作高湯或煮飯。 • 盡量先把家中醬料吃完才買新醬，以免醬料過期變壞。
及早儲存	• 及早醃漬多餘蔬菜（詳見【3.5 醃漬無限可能】）。 • 熟透的香蕉可切粒放入冰格，其後可混入其他材料拌攪成純素雪糕。其他剩餘蔬菜亦可洗淨後冷藏備用。
妥善重用	• 咖啡渣加椰油是很好的磨砂膏代替品，亦可以用來清潔廚具。
重新食用	• 把廚餘重新烹煮為新菜式或調味料。

廚餘高湯	• 保留瓜皮、菜頭菜尾、乾枯的香草、洋蔥和蒜頭皮、蔬菜芯（例如粟米芯），浸洗乾淨後切件，放入湯煲，加入自選香料，用猛火煮沸，再以文火煮大約半小時。入瓶，待涼後冷藏。放在雪櫃可供一星期內使用，或者放入冰格急凍。
	• 剩餘的湯渣，已煲至溶解的亦可食用，其餘則可以堆肥，而且會因為已煲至軟身而加速分解。
果皮酵素	• 無法重新食用的水果皮則留來製作果皮酵素。（詳見【4.5 不用買，因為你可以 DIY 清潔用品】）
堆肥	• 切碎後混入堆肥箱。製作方法見（詳見【3.6 在家中堆肥，其實你都可以】）。我們家茹素，所以沒有處理肉食的問題。

❶ 檸檬皮可以製作許多東西。

廚餘食譜齊齊煮

上篇提到我們家的零廢棄廚房系統,會把一類宜
食用的廚餘重新製作成食物。以下是一些我們試
驗過的、探索過的廚餘製作的食譜,當中所採用
的都是一般家庭常見的食材。

糖漬橙皮

糖漬又稱「蜜餞」,是保存食物的傳統方法,糖冬瓜、
薑糖等就是以這種方法製作。原理是在食物中加入大量
的糖,使食物脫水和抑制微生物滋長,而且還可以蜜糖
和黑蜜(molasses)達至保存食物的效果。有些地方
會用糖水浸泡蘋果、雪梨等水果。用這個方法處理柑橘
皮,可以保存多達幾個月,亦可用於其他甜品。

製作步驟

完成!

1　先把橙皮內的白色衣層切去,然
　　後用水煮沸以去除苦澀味,再用
　　滾水浸泡大概 1 小時以去除表面
　　的蠟層。

2　把橙皮切絲,放入鍋中,加入約
　　1 杯黑糖、冰糖或黃糖,加水煮
　　滾,再用慢火煮約 30 分鐘。

3　把橙皮撈起曬乾,待乾後切絲。

4　把橙皮絲逐一放上小碟以沾滿糖。

5　待凍後即可食用,或放入玻璃瓶冷藏一個月。

洋蔥皮調味粉

洋蔥皮粉本身帶有濃郁的香味，是不錯的高湯材料，把它曬或烘乾後研磨成粉，亦是不錯的調味粉。

製作步驟

1 先把剝淨的洋蔥皮冷藏，待儲到適當分量後，可以製作調味粉。

2 先用水浸泡洋蔥皮以作清潔。

完成！

3 用毛巾把洋蔥皮印乾，再放入焗爐以大約攝氏 200 度烘大約 30 分鐘。洋蔥皮的顏色變深色。

4 把焗完的洋蔥皮倒入研磨器，打成粉末。

5 入瓶備用。

泰式芫荽根辣醬

有次圍爐火鍋時，好朋友的公公説芫荽的根部最有營養，所以我們平時都會全棵吃的。這個方法亦適用於其他平日會切掉而可食用的蔬菜根部，只要注意香料就可以。

製作步驟

1　先把芫荽根洗淨，加入食物處理器。
2　加入 2 個蒜頭、1-2 條小辣椒、適量鹽和 1 個檸檬汁。
3　拌成醬即可入瓶冷藏。

完成！

西瓜翠衣

西瓜翠衣具清熱解暑的食材，適合在夏天煲湯。以下的製法則帶來另一番風味。

製作步驟

1　把西瓜皮的最外層硬皮切去，剩下的白色皮層又名「翠衣」。
2　把這層翠衣放入乾玻璃瓶，之後加入陳醋、蒜末、芫荽碎拌勻。
3　然後冷藏 1 小時後即可食用。

蕉皮甜酸醬

這個方法是參考英國《衛報》專欄的做法。這款甜酸醬即是「chutney」，又稱印度沾醬，多用蔬果、香料、醋和糖煮成。它並沒有指定材料，有些做法會用芒果、薄荷葉、番茄等，而我們亦曾用此方法製成蜜瓜皮醬（要先把外層硬皮切走），效果一樣理想。

製作步驟

1　先把蕉皮用凍水浸泡 1 小時。

2　落鍋加水以猛火煮沸，再用低火煮 5-10 分鐘。

3　把煮完的蕉皮切細件，然後倒入平底鍋，加油用中火煮，再加入 1 茶匙鹽和 1 個洋蔥（切粒）。拌入黃薑粉、丁香、八角、啡糖、少許薑蓉和 1.5 杯蘋果醋。

4　當它呈醬料狀後，待凍後入瓶冷藏。

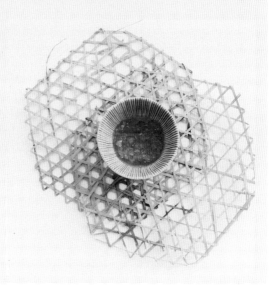

甘筍葉香草醬

打醬真是善用廚餘的好方法！雖說這個香草醬是用甘筍葉製作，但你可以使用雪櫃裏的其他剩菜廚餘，例如番茄和士多啤梨葉、沙律菜、菠菜、蒜頭、乾枯香料、堅果和開始熟爛的牛油果等。

製作步驟

1. 把甘筍頂部的莖葉煮稔，然後切碎。
2. 把甘筍葉碎、1 個蒜頭（切碎）、2 湯匙檸檬汁和適量自選香草（例如薄荷葉、羅勒、紫蘇等）、半杯腰果、半杯橄欖油、半茶匙鹽和適量黑椒加入食物處理器，拌勻即可入瓶冷藏。宜盡快食用。

杏仁渣香蕉班戟

若你會在家中製作植物奶，不妨把剩下來的腰果渣、豆渣或米渣，製成這個班戟。

製作步驟

1　把 1 隻熟蕉壓成蓉。

2　在大碗裏加入半杯麵粉、杏仁渣、半杯植物奶、2 茶匙泡打粉和適量鹽拌勻。

3　之後可拌入自選的香料，例如適量肉桂粉。

4　拌成班戟粉液後即可落鍋煎至兩面呈金黃色。

隔夜餸薯餅／焗番薯

我很喜歡把合適的隔夜餸，放入食物處理器打成蓉，或者切絲，然後製成薯餅或焗番薯的餡料。製作薯餅只需要把薯仔煮熟後壓成蓉，然後放入大碗，再混入隔夜餸蓉，然後落鍋煎成薯餅。焗番薯則先把番薯焗熟，另外把隔夜餸絲炒熟，同時可加入自選的調味料或新鮮食材，最後夾在焗薯之中。

零廢棄廚餘心得

- 浸泡或煮過鷹嘴豆的水，又稱「aquafaba」，是製作純素食品的蛋白質替代品。
- 只要洗乾淨，紅菜頭皮和薯仔皮是可以食用的，亦可以加油鹽焗成脆片。
- 大受歡迎的麵包布甸其實就是變硬的麵包，浸在奶、糖和雞蛋裏焗成。
- 快要乾掉的葱，可以混入鹽，當作葱鹽使用。
- 不要浪費瓜籽：南瓜籽烤焗後可食用；木瓜籽烤焗會變成黑椒狀，可研磨用作調味。
- 剩餘洋葱可切粒後加糖炒至焦糖化，然後冷藏備用。

瓜籽！
不要掉呀！

⬇ 蜜瓜籽奶，清甜美味！

⬇ 烘乾後的木瓜籽可當黑椒使用。

⬆ 這個蜜瓜還未吃完的。

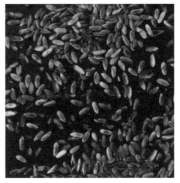

⬆ 焗乾的蜜瓜籽可食用。

如何在家重新種植食物？

每天煮飯的時候，我們會準備一個碗，用來盛裝可以重新種植的東西。其實，很多食物為我們供給養分之後，還是充滿生命力的。

舉個例，把甘筍頭浸在淺水中，你就會知道 —— 還未放入泥土，頂部就會冒出綠色的嫩芽，見證自然食材的能量。所以，讓它們重新回歸泥土是我們的恆常習慣。

❶ 用甜椒籽再種出來的新果。

自己食的，自己種！

哪類蔬菜可不斷再生？	重新種植的方法
薯仔與番薯	• 把長芽的薯仔和番薯切成細件，要保持長芽的地方完好，然後埋在泥土。 • 用玻璃器皿把番薯底部浸水，每日換水，待浸出根部和長芽後便可入泥。
葱蒜類	• 把切出來的底部放入玻璃器皿，底部浸水，每日換水，待浸出根部後便可入泥。
西芹、芫荽、生菜、白菜等底部可以重新浸根的蔬菜	• 把切出來的底部放入玻璃器皿，底部浸水，每日換水，待浸出根部後入泥。
蘿蔔和紅菜頭等頂部可以重新浸根的蔬菜	• 切菜時確保頂部完好，然後放在淺碟上。 • 把頂部以下的範圍浸水，每日換水；待浸出根部後入泥。
未經煮熟的瓜椒籽（如甜椒、苦瓜等）	• 切開食用時，把瓜果核取出後洗淨，然後直接入泥，或者用沾濕的毛巾蓋住，待長出芽後入泥。

◑ 正在浸根再種的白蘿蔔。

◑ 留根再種出來的蔬菜。　　　　　◑ 發芽薯仔再種。

◑ 塑膠瓶裏是再種出來的蒜頭。

醃漬無限可能

從收成的一刻開始，食物就會開始腐爛。有幸的是，人類自古就發現了保存食物的方法 —— 醃漬。

醃漬的基本原理很簡單，就是用糖、鹽和醋來擠出食材的水分，以延長其保鮮期。東方的醃漬方法主要是利用鹽醃、陽光曬乾、用豆麴等發酵醬料或其他食材來醃泡。西方的油漬方法亦可以保存已煮熟的食材。只要掌握基本方法，就可以把任何蔬菜醃製成另一種風味的食材。

❶ 正在曬乾已消毒的玻璃瓶，以防醃製物變壞。

❶家中常備菜：油漬車厘茄。　❶糖漬啤梨本身的甜味十足。

如何消毒玻璃容器？

妥善消毒玻璃容器很重要，這樣可以確保食材不會發霉或變壞。你可以把玻璃瓶放進滾水裏煮沸，再把煮完的玻璃容器倒轉放在烤盤上，並放進已預熱的焗爐，以攝氏 180 度左右烘乾。

雪菜

雪菜是可以用白蘿蔔葉或芥菜醃製，方法就是用粗鹽均勻地塗滿葉身，然後輕力按壓以擠出水分，接着把醃菜放入有蓋容器過夜，翌日整棵都會軟化和出水，盡量擰出水分後可以放入已消毒的玻璃容器，然後雪藏，需要用時拿出來切粒。

❶醃白蘿蔔，酸酸甜甜是很開胃的小食。

德國酸菜

德國酸菜，原名 Sauerkraut，意指「酸椰菜」，顧名思義是用椰菜發酵而成，除了是處理剩餘椰菜的好方法，也有很多益處，例如提升免疫力、改善消化系統等。

製作步驟

1. 把椰菜洗淨切絲，大概以 1 公斤椰菜用 15 克鹽的比例搓勻，直至椰菜絲軟化和出水。
2. 把椰菜絲連水倒入已消毒的玻璃容器，之後盡量把椰菜絲壓平。
3. 這個時候可以加入自選香料，例如黑胡椒。
4. 椰菜水要完全淹過菜葉，否則就要再加水。
5. 蓋好，在陰涼位置擺放一星期，期間或有需要每隔一兩天開蓋釋放因發酵而造成的氣體，之後便可以冷藏。

完成！

❶ 家裏常備的德國酸菜，健康又美味。

油醋醃漬法

- 適用食材：番茄、甜椒、露筍、青瓜、茄子、紅菜頭、檸檬。
- 可選調味香料：羅勒、蒔蘿、芫茜、月桂葉、迷迭香、蒜頭、辣椒乾、胡椒、花椒、八角、豆蔻、薑等。

油漬蔬菜

材料：橄欖油、醋（陳醋、白醋皆可）、鹽、黑椒。

做法：

1. 把蔬菜洗淨及切條，以烤焗的方法煮熟，煮熟後要確保乾身。
2. 把煮熟的蔬菜放入已消毒的玻璃器。以 2:1 的比例倒入橄欖油和陳醋，然後加入適量的鹽和黑椒，以及自選的調味香料，再次把蔬菜往下壓。
3. 把玻璃瓶放入雪櫃，一個月內宜食用。

醋漬蔬菜

材料：醋、水、鹽、糖或楓葉糖漿。

做法：

1. 把 3 份醋、1 份水、適量鹽和糖，以及自選調味香料用慢火加熱 5 分鐘。不妨試味看看味道和香料是否均勻夠味。
2. 待涼後，把液體和已切條的蔬菜加入玻璃容器，把蔬菜往下壓至浸在醋液內。
3. 由於發酵會釋出氣體，所以容器應該只裝滿大概 3/4。
4. 把玻璃瓶放入雪櫃，一個月內宜食用。

注意：醋和鹽可以抑制有害細菌滋生，切記確保蔬菜要完全浸在油醋裏，否則遇到空氣的部分容易長出細菌。玻璃瓶則要妥善消毒。

3.6	在家中堆肥，

在家中堆肥，
其實你都可以

女廚師達蓮娜・愛倫（Darina Allen）在家鄉愛爾蘭經營一間舉世知名的廚藝學院 Ballymaloe，幾十年來訓練了不少國際名廚。有次被問到會跟學生分享的第一個食譜是甚麼時，她回答：「堆肥。」繼而，她表示會帶學生去跟園丁和農場經理見面，並叮囑學生說「這一切就是從這裏開始，我要讓他們震驚並記起食物不是來自超級市場的塑膠包裝。[15]」

---

15 Monocle. (2020) *The Monocle Book of Gentle Living*. New York: Thames & Hudson. p110-111.

🔼 在家中設置「室內紙皮堆肥箱」，處理垃圾變得容易。

自己動手做　為環境做點事

在市區的舊居曾經有一個戶外蚯蚓箱，看着蚯蚓的繁殖、黑水虻的入主、瓜頭菜尾慢慢變成深色的肥料，感覺到這個系統中每個部分的奇妙生命力。搬到離島後，種植的盆栽旁邊亦會插有膠樽來消化少量廚餘。我們參照《紐約時報》記者田淵廣子的講解，在家中設置「室內堆肥箱」[16]，在家中處理了大量的垃圾，感覺非常輕鬆。

儘管我們從小習慣的家居運作模式從沒有堆肥這一環，但在家中設置堆肥箱並非甚麼新鮮事，也不是想像中那般天馬行空。只要控制得宜，一般聯想到的蚊蟲和惡臭並不會出現。更何況，這些不是垃圾，是應該回歸和滋養大地的養分。我相信，自行推肥是任何人在屋簷下能夠為環境做的事，而且不用多加處理，它自然會慢慢分解。

16　https://www.nytimes.com/2020/05/06/climate/new-york-coronavirus-composting.html

甚麼是堆肥？

堆肥是由有機物、水分、氧氣和微生物這些部分組成，它是一個讓你見證大自然生命力的自然過程，讓細菌和蚯蚓把廚餘等分解成有機物，從而改善泥土結構、肥沃度和鎖水程度。

適宜堆肥的材料

- 綠色廢棄物（氮）：蔬菜和水果皮、茶葉、咖啡渣、蛋殼、鮮雜草、花和野草、豆腐、過期醬料（少量）、變壞的啤酒、烈酒和葡萄酒、香草、香料和豆類。

- 啡色廢棄物（碳）：禾草、紙張、紙皮、枯葉、木屑、麵包、變壞的穀物、軟木、無漂染咖啡濾紙、無蠟層的蛋糕紙和紙碟、木筷和竹籤。

- 不宜堆肥的物料：有蟲害的植物、動物糞便、煮熟的動物脂肪、有種子的野草、海鮮和動物肉骨、奶蛋類製品、生物塑膠包裝、經過塗層處理的紙皮。

注意：
- 盡量把廚餘切細有助加速分解。
- 成功的堆肥會製造出深色的肥料，把它們與植物的泥土混合，或者用堆肥營養液灌進植物亦可。
- 只需要把綠色和啡色廢棄物逐層鋪好。
- 加泥覆蓋堆肥物可以減少異味。

【戶外膠樽】

適用於有種植的戶外空間,膠樽大小可視乎植物及空間面積而定。這個系統在春夏季特別適合。

製作步驟

1 先把膠樽的底部剪去。
2 把植物旁邊的表層泥土挖去。
3 把膠樽垂直插在挖泥範圍,插入深度至膠樽企穩。
4 直接擰開樽蓋放入膠樽內,要鋪滿一層綠色廢棄物,再鋪一層啡色廢棄物。
5 必要時可略為灑水以確保堆肥有一定的濕度。
6 空氣、水分和泥土的微生物會開始「合作」,你會慢慢看着廚餘腐化及融入泥土。

➥ 戶外插入泥的堆肥桶是用膠水樽自製而成。

【室內紙皮堆肥箱】

這是根據田淵廣子的文篇製作,而名古屋市政府網站亦有詳盡說明[17]。這個堆肥箱可以存放於廚房或客廳的任何通風良好、陽光充足的地方,且沒有異味。大概 2 週至 1、2 個月就會見效果。

材料:
- 中型紙皮箱一個
- 額外紙皮(加厚箱底用)
- 椰糠、生物炭灰、木灰等
- 舊圍巾 / 舊衣
- 磚塊或其他紙皮箱支撐物

製作步驟
1. 用封箱膠紙把紙皮箱的底部封好,並把裂縫和小洞封好,以防蚊蟲。
2. 把額外紙皮鋪在紙皮箱內底以作加厚之用。
3. 用磚塊或其他支撐物,把紙皮箱墊高,以確保底部空氣流通。
4. 在紙皮箱內倒入適量椰糠和生物炭灰,如木屑、竹粉、枯葉等基底物料。
5. 堆肥箱面用舊圍巾 / 舊衣蓋好,以防蚊蟲。
6. 每次堆肥時,把廢棄物埋在泥中。不時灑水和翻泥,確保有一定的濕度和空氣。

---

17 https://www.city.nagoya.jp/kankyo/page/0000060262.html
(日文)

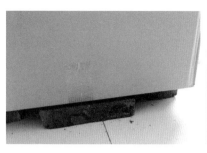

❶ 用磚塊墊高紙皮箱。

❶ 內鋪紙皮加厚。

❶ 把泥倒入紙箱內。

 用生物炭灰作基底物。

❶ 倒入廚餘。

❶ 用舊布蓋好。

溫馨提醒：

- 若微生物順利分解，堆肥的溫度會上升至攝氏 20 至 40 度。
- 在寒冬季節或需放置於暖和有陽光的地方，偶爾加入高卡路里食材（如廢油）以幫助微生物發揮作用。
- 有白色霉菌是正常的，定期翻泥就可以。
- 約每週加 1 至 2 公升水和翻勻，或可加入發酵菌以促進分解。

裸買不是這麼難

裸買不是這麼難！是的，請預先計劃要購買的糧油雜貨，這是唯一的要訣。當然，有些食品的預先包裝是無可避免的，例如醬料，儘管我們未能做到百分百零包裝購買，但亦可以把包裝量減至最低。

裸買一點都不中產

感謝香港各間裸買店的努力，現在很多糧油雜貨都可以散裝購買。但不少人覺得新興裸買店的價格較高，繼而指裸買是中產的環保玩意。事實上，各區街市總有幾個舊式商販還提供散裝產品，包括傳統中藥店、雜貨店、醬油和粉麵廠門市等。外出時多留意附近有否這些商販，以及它們售賣哪些產品，有助你及早計劃。多幫襯是把這些傳統老店帶到未來的唯一方法。

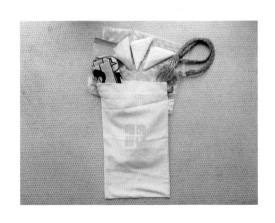

● 「唔洗膠袋」你我都做得到！

裸買配對

食材	商舖	所需用品
新鮮蔬菜	一般菜檔	購物袋、自備膠袋
細件蔬菜（如栗子、車厘茄）	一般菜檔	索繩袋、自備膠袋
豆製品（如豆腐、豆芽）	菜檔或豆品檔	餐盒、密封袋、自備膠袋
咖啡豆	裸買店、獨立烘焙咖啡店	密封袋
糖、鹽、醋等調味料	本地醬園門市、裸買店、傳統雜貨店	玻璃瓶、密封袋
米類	傳統雜貨店、傳統米行、裸買店	大索繩袋（我喜歡用棉鞋袋）、大密封袋
麵類	部分菜檔、傳統粉麵廠門市、裸買店	索繩袋、密封袋、餐盒
食用油	裸買店	玻璃瓶
穀物類	裸買店	玻璃瓶、密封袋
乾貨（如杞子、紅棗、乾菇）	傳統藥材舖、裸買店	密封袋、自備膠袋

我們家的裸買裝備

這個尼龍袋購自傳統山貨店，是最好用的買餸袋。它非常輕便和易於收藏，而且有靈活空間，盛載一星期的餸菜也沒有問題。

你大概都知道哪些菜檔還是認為膠袋比較方便，例如買豆腐和芽菜時，菜檔覺得用膠袋比較方便拿取和秤重。在這個時候，自備背心袋就大派用場，只要及時把膠袋遞給老闆就可以了！

如何摺成三角形？

先把膠袋平放和掃平，然後對摺兩次，膠袋應呈長條狀。之後將底部的一角往上摺，你應該會見到一個三角形。之後繼續把三角形往上摺至頂部，再把末端塞進三角形的開口裏。

風呂敷是日本傳統裹物布，一大塊方巾就可以摺出不同的形態，方便購買不同的東西，尤其是酒和樽裝飲料。平時可以把它當作絲巾，或者纏於手袋或腰間作裝飾，在購物時立即取用。

以下是兩個最常用的綁法：

綁法一：把左側的兩角打兩次生結綁好，在右側重複，就是一個輕便購物袋。我平時在排隊付款時才會拿出風呂敷包裝水果、酒、書等物品。

綁法二：把風呂敷呈菱形平放，然後把兩個玻璃瓶橫放在底角上面，兩個玻璃瓶的底部應該貼緊。用布角蓋過玻璃樽面，然後往上捲以完全包裹玻璃樽。之後，把玻璃樽以 90 度往上拉至呈垂直狀，再把頂部裹布的兩端以兩個生結綁好作手挽。

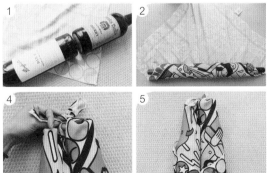

3.8 重建與食物的關係：
慢慢吃

美食當前，放進嘴裏的一刻，意識到自己在吃麼？感覺到牙齒、舌頭與食物的互動麼？

寺院齋堂多會掛起一個牌匾，寫上五個觀想要點：

1. 計功多少，量彼來處
2. 忖己德行，全缺應供
3. 防心離過，貪等為宗
4. 正事良藥，為療形枯
5. 為成道業，應受此食

⬆ 在家中慢慢地，專注地，去細味。

慢慢地 專注地 去品嚐

首先感謝這頓飯來到你的面前。我在法鼓山的時候，這份感恩的心情特別濃厚，因為早齋開始的時間還未到清晨六時，但我們享用的齋菜至少有六、七款，每一款都是需要時間與心機製作。負責準備齋菜的法師和義工們，在天還未亮便開始動工。我們平日所吃的，未必是大清早炮製，但無論炮製食物的人是你自己、摯愛的親人，抑或躲在爐頭前的廚師，唯一肯定的是，枱上的食物是由一個活生生的人，付出力量且親手為我們準備的。在每一餐前，感謝自己或他們為自己果腹，然後慢慢地、專注地品嚐食物，是我們能夠給下廚者的唯一報答。

城市裏，唾手可得的現成和加工食品或者會讓我們遺忘了食物的本質。每一樣果腹之物都是本質天然，是植物或動物也好，結合泥土、陽光、雨水和生命體。我們家喜歡自煮簡單的菜式，沒有大龍鳳，盡量享用食物最自然的形態，減少加工與調味。以新鮮番茄做茄醬，採摘新鮮香草做香草醬，蒸豆腐配以一抹黃薑醬。這樣就會知道自己在吃甚麼，更能感受到大地為我們賦予的一切。即使你有足夠的金錢換來珍饈百味，但任何再豐富的佳餚，說到底不是金錢製造，而是來自天然。因此，動筷之前，感謝大地賦予糧食以支持我們的生命。

獨自用餐　禁語練習

當然，若我們與別人用膳，很難做到禁語。但當獨自用膳的時候，不妨禁語和拿開手機，專注地與食物互動。慢慢咀嚼，感受每一口食物的原始味道和口感。慢慢地，你就會很容易覺知內心有否觸發貪、痴與嗔心。

有否試過嘴裏還在咀嚼，就不經意地把新一口飯往嘴裏扒？或者碗裏的菜明明還未吃，就要不自覺地伸出雙筷挾菜？你會否因為食物不夠好吃而動嗔心？在一席飯的時間內如此自我觀照，所得到的益處會延伸至餐桌以外。

❶ 家中花園種出來的紅枸杞，是天然簡單的食材。

❶ 自家製純素麵包，需
要時間和心機來炮製。

❷ 我用野生酸味草煮的茶。

食物是滋養生命的良藥

到吃完飯的時候，我們很多時只會帶着滿滿的肚
子離座。下次不如嘗試先別急着離座，慢慢咀嚼
最後一口飯，然後坐一會，感受一下食物對身體
的滋養。「正事良藥，為療形枯」的意思大概是
視食物為滋養生命的藥，而不是為了滿足貪慾。

得到食物的滋養後，就要好好過日子！這個過
程，其實已經在不知不覺間，把我們的進食步伐
放慢，讓每頓飯變得更有力量。

Q&A

Q1. 如果家中沒有植物，但又不想把廚餘丟進垃圾桶，應該怎麼辦？

首先，盡量減少製造廚餘是省卻煩惱的第一步。另外，不妨考慮使用坊間的廚餘回收服務。例如 Hong Kong Community Composting[18] 是一個訂戶計劃，暫時活躍於港島部分區域。不過，我還是想鼓勵你添置植物，哪怕只是窗邊的一個小盆栽，既可改善室內空氣，又可以消化少量廚餘，例如洗米水。

Q2. 說「不時不吃」，我該怎樣購買時令蔬菜？

我們在香港任何季節都買到四季的蔬菜，的確難以分辨哪些是時令。最簡單直接的方法就是買本地有機菜。目前，香港各區每個星期都有農墟，一些本地農場亦提供訂菜服務，有些商店亦會出售本地菜。「土地正義聯盟」官網的「良心農業指南」詳細列出本地農場、共購和網購平台、各區農墟等資料，非常值得參考。

18　https://www.hkcomposting.com

Q3. 哪些蔬菜比較容易重新種植？

根據個人經驗，葱、蒜和薑是最容易重新種植，
而且收成率亦較高。

❶ 這就是我們家自己種出來的葱。

CHAPTER 4

住

居住空間整潔留白

個家可以是心之所向，也可以是煩惱的根源，尤其是在寸金呎土的香港，大多數人都要付出昂貴的金錢來換取狹小的空間。

從小到大經常搬家，除了豪宅之外，公屋、居屋、私人屋苑、市區住宅大廈、劏房和村屋，我和妹妹幾乎住過各式各樣的地方。所以，我真的深深明白和體會到，要在任何面積的空間建立安樂窩，不僅要用金錢，也要用心。

常言修身齊家，居住空間是身心健康的基礎，也是我們立身於世界的第一位置。有些人渴望有更寬敞的居住環境而不得要領，有些人擁有空間但有囤積，有些人在華麗的裝潢下依然莫名失落。這可能都是因為我們只着眼於家居空間，而忽略了與家的心靈連繫。所以，用心建立一個讓我們舒適安樂的家真的很重要。

我多年來在家工作，所以累積了很多與居住環境交流的時間和經驗。而我相信，只要簡單清淨的家，才是美好生活的起點。

4.1

療癒家居——
把你的家當作禪堂

聖嚴法師説過：「環境是我們內心的鏡子，心是我們的老師。」無論你是否「宅」在家中，你的家如何，你的內心亦必如何。

無論你在任何時候到寺院禪堂，你都會發現它一塵不染，地板光滑明亮，讓你可以完全放鬆。説把家當作禪堂，並不代表你應該把家居改頭換面至極簡禪風。無論你喜歡怎樣的家居風格，是工業風抑或極繁（Maximalist），是歐陸風抑或和風，保持一個整潔的家居肯定會給你舒服和喜悦的感覺。

❶ 這是朋友從沿路採摘的花草製作後送給我的掛飾。

療癒身心的第一步：保持整潔

曾幾何時，我在家中大部分時間只是在睡床和書枱之間，以忙為藉口把清潔家居的工作推卸給偶爾登門的鐘點姨姨。她每次來到，可能要清潔一堆碗碟，被狗毛和塵埃鋪到發黑的地板，還有「黐滿」飯焦的電飯煲。她每次離開後，留在家中的時刻好似舒服了一陣子，但很快就因為地板的毛球、亂到無從入手的書枱和爐頭的油漬開始以吋來量度而煩躁起來。那個我顯然為人急躁、粗心大意。

經歷過在法鼓山每天洗廁所的日子後，儘管我現在打掃家居的時間不及在山上多，但卻深刻地明白到保持家居整潔，是療癒身心的第一步，而且持之以恆則是一種讓心靈平靜的練習。

整理家居的意思，是大至大掃除，小至把用完的物品放回原位。每項都是一種內心觀照，鍛煉身心專注和耐心地做好眼前的事。反過來，放逸自己不好好整理家居，讓懶惰和拖延心得逞，其實只會為明天留下更多的煩惱，而且縱容自己的心思越來越粗疏，思緒日漸混亂。

整理的家居佈置，
給人舒服和喜悅
的感覺。

做家務是一種內心觀照

當你重視和專注家務，慢慢就會培養出對事物的覺察。有否時而因為懶惰心的驅使，想草草了事，或者只清潔眼看得見的地方，梳化底、隙縫等地方卻視而不見？這是否代表耐心不足，或者內心急躁？當你對周圍環境的觀察力強了，就會更加容易觀察自己的內心。

再忙也預留時間執拾

現在無論有多忙碌，我每天早上都會先掃地。如果家不清潔，我的身心亦無法平靜，無法專注於一日的工作。慢慢地掃地，掃遍家中的每個角落，然後才打開電腦和手機，準備面對當日的行程。每個週末總會預留半天的時間執拾家居。

這過程給我良多的觀察和反思：或者我當時很急着想回覆工作電郵，但卻在一掃一抹間發現工作再忙，也容得下掃地時間，不用把自己迫到喘不過氣。拖地和清潔馬桶確實是一個去除傲慢心的良方。

保持家居整潔心得

☐ 我比較喜歡使用拖把。因為若果以吸塵機的長臂取代眼睛，我就無法親眼觀察哪裏需要清潔，並從中培養耐性。

☐ 每次用完廁所和浴室都保持乾淨，可以省卻煩惱和焦躁情緒。

☐ 把用完的物品放回原處。

☐ 別把家務視為負累，不妨按體力而逐小完成。（詳見【4.7 每天逐小完成家務】）。

☐ 培養不傷害萬物的心，以天然清潔劑取代強效化學清潔劑。（詳見【4.5 不用買，因為你可以 DIY 清潔用品】）。

4.2

習慣與大自然共居：
我家保留野草和歡迎昆蟲

與大自然近距離地共居，既然要享受山海景致，
就要接受這裏不少得有很多自然界的鄰居。

在城市裏，我們習慣留在人類文明構建的石屎空
間，遺忘了我們的生活與無數萬物的生活軌跡交
疊。即使走進大自然，我們有時依然難免本着城
市人的思考模式，但當你棲居於一本活生生的自
然百科全書裏，人就會明白對於大自然環境，我
們只可以臣服，不可以嘗試改造。

● 在我家築巢的紅耳鵯。

我們都只是暫借生存空間的地球過客，人類亦然，動物亦然。我們常看見北極熊、企鵝、紅毛猩猩和海豚等動物的生存空間正在不斷縮小，但卻無力為牠們做些甚麼。其實不用看到這麼遠，放眼四周，我們也可以在日常生活中尊重萬物的生存空間。這不僅是行這一刻的方便，也是為了未來下一代的福祉。

讓鳥兒棲息在附近

今天下午，發現門前的小樹有一個雀巢，這已經是第二年有紅耳鵯選擇在這裏築巢了。每年 3 至 8 月，雀鳥都好像甦醒過來，在山林之間不斷走舞，時而在窗邊劃過，隨之而來的好處當然是免費鳥鳴處處。況且中國風水學相信有自來雀是好兆頭。

環保團體多以「生物多樣性」來解釋為何應該尊重動物生存空間，因為世界上所有生態系統都是環環緊扣，複雜得我們無法掌握一時的動作會帶來甚麼後果。

不打草，為了歡迎昆蟲

都市人普遍害怕的昆蟲，這裏當然亦有不少：草
蜢、獨角仙、蝴蝶、甲蟲和蜜蜂，每逢春夏都成
為鄰居，而我們的回應就是春夏天盡量不打草。

香港很多綠化空間都是以綠地為主，但草地並沒
有為昆蟲提供棲息地，加上普遍會用化學殺蟲劑
來保護草地，影響生態。近幾十年，過度使用
殺蟲劑導致全球蜜蜂數量銳減。如果地球沒有
蜜蜂，其生態和農業影響已有不少科學研究證

🔵 我們不用做太多打草工作，只要讓小昆蟲生存就可以了。

實為無法想像。英國有環境組織發起「No Mow May」（五月不打草）行動，就是想呼籲民眾放棄過度修葺的花園，任由野生花草生長，促進蝴蝶、蜜蜂和甲蟲等傳播花粉的昆蟲繁殖。

如是者，我們任由花園在春夏天季節變成小叢林，就是為了讓牠們能夠繁殖。去年，花園特別多蝴蝶，就連一棵檸檬樹上都有5、6條毛毛蟲在結繭開餐。在門前狹縫長出來的野花，亦偶爾見到蜜蜂，我們相信這樣亦算是消極地保護地球。

● 我家門前的雀巢已準備好迎接鳥蛋。

● 螞蟻，攝自我家附近的樹木。

● 在我家花園發現的小甲蟲。

歡迎益蟲，自然地驅走害蟲

千萬不要把昆蟲一律驅走或殺害，因為有些家居常見的動物是有益的，我們要分辨益害之別。

\ 家居益蟲 /

- **白額高腳蛛**：俗稱「蠄蟧」的白額高腳蛛其實很怕人，每每被發現就急急腳逃跑。牠們不會主動攻擊人，而且毒性極微，但卻是蟑螂的天敵，亦會吃蒼蠅和蛾。

- **壁虎**：同樣怕人的「四腳蛇」是蟑螂的天敵，也不會咬人或傳染病毒。如果家中真的有太多壁虎，清理雜物和不留食物殘渣就可以了。

\ 家居害蟲 /

- **衣蛾**：若在牆角和衣櫃發現菱形白色繭狀，偶爾會伸頭蠕動的就是衣蛾。牠們會吃真菌、皮屑、毛髮和衣物毛料，曾經試過被牠們弄到衣物上有一個個小洞。衣蛾出現的原因只有一個：潮濕，所以保持家居通爽就可以。因為居於山邊，春夏季特別潮濕，我們會在衣櫃裏放置竹炭，以及不時開啟抽濕機，以避免衣蛾出現。

- **飛蟻**：飛蟻只要一入屋就會變成白蟻，對木製家具來說是災難。幸好的是，做好防護就不容易讓飛蟻入屋。島民普遍見到飛蟻都會立即關好門窗和關燈，待牠們消失後才開燈。

- **蚊**：在鄉郊地區是無可避免的！我們只可以盡量防護。坪洲島上家家戶戶普遍都在門窗裝有蚊網。蚊子在清晨和傍晚時分特別活躍，所以要避免在這時打開窗門。艾條是驅蚊的最大救星。我們在睡覺前會在睡房點艾驅蚊，香茅香氛亦很有用。

- **螞蟻**：螞蟻當然不是害蟲，但無人希望家居被螞蟻入侵。保持家居清潔，不留食物渣滓是預防螞蟻的要領。在發現螞蟻軌跡的地方，噴灑辣椒水亦有效。如果發現牆角或門角有螞蟻洞口，切記要予以填補。

- **果蠅**：果蠅到訪只有一個原因：家中有腐熟的水果。我們會把水果放在有蓋的竹籃內預防果蠅，而且盡快把水果吃掉，定期清潔和清理有機垃圾就足以確保牠們不會出沒。

- **蛾蚋**：在浴室渠口偶有發現，只要定期清潔浴室、保持乾爽通風就可以。

- **蟑螂**：生命力強的蟑螂會傳染病毒，所以宜速速請走。留意家中蟑螂來自何處，並把入口封好；宜保持家居清潔。我們會用苦楝精油加水抹地。

簡潔的空間與心靈愉悅 ——
清理雜物的方法

城市人習慣以很多物品堆砌一個「似樣」的家。客廳要有電視機、梳化、組合櫃和茶几；廚房要有微波爐、電熱水壺和雪櫃；睡房要有大衣櫃等等，這些都是約定俗成或商家灌輸的概念。

初搬進離島時，業主沒提供雪櫃，因為不想花錢和佔用空間，我乾脆嘗試無雪櫃的日子。我模仿之前探訪過的一個板間房老伯，在窗邊吊起筲箕存放蔬果，不買須冷藏的食物，每日吃新鮮。結果輕鬆無礙地度過一年半。

🔘 留白的牆壁，整潔的枱面，室內陽光更顯明亮，帶來生活的喜悅。

讓清風「到訪」，與大自然保持連繫。

這不是說你不需要雪櫃，而是家中物品應該只取決於自身需要。特別是掩蓋白牆的高櫃，如果無多餘物品，你就不一定需要龐大的收納家具。如果有多用途的廚房用品，就不需要有微波爐、光波爐、麵包機、食物處理器、攪拌機等形形式式的電器。

以你的需要添置家中物品

因為家居空間充裕，我一直把「執嘢」的剩餘物資搬回家中處理，久而久之，情緒極度低落。到了最近，兩位拍檔勸我說，別再把自己的家當作貨倉，認真清走物資後，心情才輕鬆下來，深刻體會到斷捨離為何帶來幸福感。

儘管這些物品都只是暫時擺放，而且不屬於我的，加上我家的其他空間都已經很簡潔了，但我依然莫名地憂鬱和沮喪。原來從風水學的角度來看，雜物、步行路線有障礙物都會阻礙能量流通[1]。研究靈性的朋友說，每件物品都藏有能量，如家中有冗餘和不想要的物品就會積聚負能量，而且處理物品也會把你的能量吸走。

僧侶和修行人之所以追求無持有物，並視之為舒適自在[2]，大概是因為「本來無一物，何處惹塵埃」。事實上，沒有雜物就沒有塵埃，毋庸騰出空間存放、花費時間和精力去打掃，那些暗地裏在某角日漸發酵的煩惱亦隨之減少。

別讓東西散落四周

我們從小被教導要「有手尾」，用完的物品要放回原處，這除了是良好的習慣，也為我們帶來很多心靈上的好處。把用完的物品和餐具隨便放在枱上，每次經過就會不期然地吸引你的注意力，大腦亦會長期處於「多任務處理」（Multi-tasking）模式，無法專注。同時，這亦代表沒有把現在的事做好。吃飯還留下碗筷未洗，用完的文具未放回筆筒，煮完咖啡沒有即時清洗器皿，就等於留低一些手尾給未來的自己處理，把煩惱延續下去。當你在下次想輕鬆地享用餐具、書桌和咖啡

1　https://experiencelife.lifetime.life/article/the-emotional-toll-of-clutter

2　松本圭介（2014 年），《小僧大掃除》，164 頁，台北：商周出版。

杯時，就要先處理遺留下來的任務，好不清爽。

空無一物的餐枱、沒有插滿電器的拖把、沒有雜物的書桌，可以讓我們或下一位使用者更加輕鬆自在，不受過去遺留的問題所牽絆，也讓我們的心情舒服得多。所以培養「有手尾」的習慣，既可增加家居的簡潔感，同時也為自己省卻煩惱。

與此同時，家中每件物品都應該有一個穩定且沒有障礙物的「歸處」。若物品沒有穩定的擺放位置，每次取用時都會碰跌其他東西，或者一時間想不起上次擺在哪裏，無形間會為內心造成壓力。

● 沒有多餘的雜物，內心又
　何處惹塵埃呢？

如何清減家居？

<table>
<tr>
<td>物品
拒入屋</td>
<td>

- 購物前三思！是否真的有需要？會否經常使用？家中是否已有替代品？別讓購物變得太輕易，因為掏完荷包後，你還是要收納、使用、處理和妥善棄置。
- 謝絕不需要的禮物。公司和活動紀念品、購物贈品、朋友的旅行手信等，若真的無用就要禮貌地婉拒，讓對方知道你不想添置雜物，否則以後就要煩惱如何處理或棄置了。
- 若只有一次性的需要，不妨考慮租借物品。

</td>
</tr>
<tr>
<td>清理雜物</td>
<td>

- 修補或更換損毀或有故障的物品。
- 純粹因為金錢或紀念價值，但不再使用之物。
- 跟你的生活方式不再相符的物品。
- 果斷地清理半年沒碰過的閒置東西，它已經不屬於你當下的生活，閒置亦是一種浪費。

</td>
</tr>
<tr>
<td>購買時
注意</td>
<td>

- 盡量以多用途物品取代只有單一用途的物品，這樣可以有效減少雜物的數量，例如可換頭的螺絲批、有不同功能的食物處理器。
- 盡量選擇體積小巧、方便收藏的物品
（詳見【4.6 減少家具和選擇靈活的家具】）

</td>
</tr>
</table>

如何處理 多餘物品	• 問親友是否有意接收。
	• 放到社交媒體群組徵新物主。
	• 上載至二手物品轉售平台或換物平台（例如：Carousell、Jupyeah.com）
	• 搜羅真正有此需要的非牟利機構，但除非該機構表明需要該類物品，否則不要一廂情願地捐贈。很多非牟利機構都忙於提供社會服務，要處理不適用的物品只會徒添他們的工作重擔。

維持 清減家居	• 減少收納空間。不要把你的家變成雜物倉，減少收納家具就會減少收納空間，自然會減少持有多餘物品。
	• 不要在地面或枱面擺放多餘物品。
	• 定期清理家居，例如每週、每月或兩週一次。
	• 為每件物品設定歸處。

「走塑」是持之以恆的過程

從購物膠袋到產品的塑膠容器，以至日常用品，塑膠真可謂無處不在。特別是會放置在室外的塑膠品，例如衣夾、花盆和水桶等，長期曝曬下會變脆，容易斷裂成塑膠碎片，隨風飄散至泥土和大海。

儘管塑膠的誕生曾經拯救了大象的性命（因為塑膠取代了象牙），但至今我們都明白它不是一種閉環式物料（Close-loop），不屬於永續之列。

➊ 購物時裸買也方便儲藏。

➡ 盡量選用竹籃。

當然，重用塑膠品是一個良好的習慣，但以家居告別塑膠為終極目標，既是有利於我們自身，也是有益於地球。畢竟，每次選擇塑膠就是跟商家表示生產新塑膠還有價值。可是，塑膠本身是石油副產品，而石油並非永續的資源，在製造過量無可避免地污染環境。

謝絕塑膠容器產品

儘管有很多東西依賴塑膠容器，但其實回想舊時，很多東西沒有塑膠亦無礙。還記得以前買牛奶要按樽的年代嗎？舊時凍飲不需要飲管；沒有膠袋，也可用水草和紙張來買餸。沒有急凍和塑膠包裝的食品，就買時令蔬菜、罐頭、乾貨或者鋁罐裝（還記得藍色罐裝曲奇和雜餅嗎？）。或者不用回到咸豐年前，試想一下，你是否見證過一些普及的產品，不知幾時忽然多了塑膠物料？雞蛋、水果、餅乾等，我們以前還不是好好的嗎？更有趣的是，這些在我們打開包裝後就失去作用的塑膠物料，卻會留在地球上幾百年。幾秒的作用，幾世的壽命。

不用壓力　慢慢走塑

走塑如修行一樣，是一個漫長而持之以恆的淨化過程，至今亦沒有一個走塑達人能夠大大聲說家中已沒有塑膠。你只需要在每次購物時選擇無塑膠的產品。同時，善用家中現有的塑膠品（包括膠袋），當家中的塑膠品的使用壽命結束時，選擇以無塑膠的永續物料製品，你會發現家中越來越少塑膠，越來越多天然永續用品，其實是賞心悅目的事。

● 餐盒是購買濕貨時必備，咖啡和麵粉的密封袋是不錯的選擇。

零塑膠日常替代品

165 淨好生活 / 住・居住空間整潔留白 /

廚房及食物類	替代品
● 廚房紙	→ 毛巾或可重用廚房巾
● 保鮮紙	→ 蜂蠟布、密封玻璃瓶
● 百潔布 / 海綿	→ 棉布、仙人掌纖維海綿、絲瓜絡
● 膠水壺	→ 重用飲料玻璃樽、酒樽
● 客用膠杯及紙杯（內有塑膠塗層）	→ 重用玻璃器皿
● 膠樽裝香料	→ 玻璃研磨器和散裝香料
● 塑膠食物盒	→ 金屬或搪瓷餐盒
● 塑膠清潔刷	→ 以天然物料製造的清潔刷，如海菠蘿、竹、木和豬鬃毛 / 絲瓜絡。
● 洗潔精	→ 家事皂絲加熱水製成的皂液、果皮酵素
● 膠飲管	→ 不鏽鋼飲管，或乾脆不用飲管
● 茶包	→ 竹製或不鏽鋼茶隔

浴室及個人用品

	替代品
• 膠樽裝洗頭水、沐浴露等	→ 肥皂和純棉皂袋
• 尼龍牙線	→ 蠶絲牙線或可重用牙線籤
• 棉花棒	→ 紙管裝 / 可重用棉花棒
• 香體劑	→ 椰油、紙管裝香體劑、梳打粉
• 廁紙	→ 無獨立包裝再造廁紙
• 浴簾	→ 麻質可洗滌浴簾
• 塑膠牙刷	→ 竹牙刷
• 剃毛膏	→ 肥皂、蜜糖、潤膚露
• 牙膏	→ 散裝潔齒粒、玻璃瓶裝刷牙粉、椰油加少量梳打粉
• 剃刀	→ 安全剃鬚刀
• 微膠粒磨砂產品	→ 咖啡渣、豆渣、杏仁渣、黑糖

飯廳及客廳

	替代品
• 膠枱布	→ 可清洗的紡織枱布和餐墊
• 盒裝紙巾	→ 可重用布紙巾

其他		替代品
• 濕紙巾	→	以可重用布紙巾自製
• 塑膠衣夾	→	竹或不鏽鋼衣夾
• 洗衣液	→	散裝洗衣粉、家事皂絲和梳打粉
• 膠水和膠紙	→	粟粉加水煮成漿糊
• 柔順劑	→	羊毛乾衣球、梳打粉、醋
• 背心膠袋	→	布袋或風呂敷、藤織購物籃
• 膠樽裝家用清潔劑	→	果皮酵素、梳打粉、白醋
• 打火機	→	火柴
• 垃圾袋	→	報紙

天然替代品有多好？
以天然物料製造的用品，因為加工過程比較簡單，造成的污染亦會較少，最重要是它們最終可以回歸泥土，滋養大地。

4.5 不用買，
因為你可以 DIY 清潔用品

市面上的清潔劑都是以混合大量化學品來達至清潔的效果，但同時亦有刺激雙眼或喉嚨，有些更會釋放有害化學物，包括阿摩尼亞、漂白劑、香精和揮發性有機物等，有機會引致慢性疾病和敏感症狀。再者，家居清潔化學品同樣會釋放至泥土、海洋和空氣，不僅毒害我們，更會污染環境。

🔊 我們家中只有數款清潔用品，一物多用，如自家製蘋果醋又可當白醋使用。我習慣把製造日期寫在玻璃瓶上，這瓶是 2020 年 5 月生產的。

自製家居清潔劑

當你開始自製清潔劑，就會發現原來家中早已齊備材料，不用刻意添置。

水

我真的很喜歡用這最簡單的清潔方法！有時候，對於稍有污跡的表面，若沒有特別的去漬和殺菌要求，用清水就可以了，時而用熱水就足以做到無添加的清潔效果。

- 在洗碗盆灌入熱水，有助疏通渠管。
- 對於油膩和「黐底」的爐具，先用熱水浸泡來去除油膩和「黐底」渣滓。
- 油膩和有剩餘餸汁的碗碟，先倒入熱水，用一片菜葉抹淨碗邊周圍，把熱水喝掉。這樣碗碟會容易清洗得多。

【檸檬水清潔劑】

做法　把數個檸檬皮煮沸，待冷卻後入瓶，同樣是多用途的清潔劑。

果皮酵素

最普遍和簡單的多用途清潔劑，可以取代絕大部分的家居清潔劑，有抗菌和淨化空氣中的作用。每個家中都必定有齊所需材料：水、糖和蔬果皮。既可以善用廚餘，用途非常廣泛。對於果皮酵素，你只需要記得 1：3：10 這個比率，便隨時可以動手做。

材料　1 份糖、3 份果皮、10 份水、塑膠樽（建議用 1 公升裝）。

做法

1　先把 3 份果皮放在膠樽，然後加入 1 份糖，加入 10 份水；每份的容量按照膠樽的容量來計算。舉例，若用 1 公升膠樽，就用 300 克果皮、100 克糖和 1,000 毫升水。

2　扭緊樽蓋後搖勻，放於通風、無陽光直接照射的地方，待它發酵 3 個月。

3　第一個月宜隔天扭開樽蓋放氣；其後可以每個星期開蓋放氣一次。

4　3 個月後，隔渣並把酵素倒進清潔用品瓶，加水稀釋即可使用。

5　剩餘的渣滓可以再用來發酵，或者當作肥料。

貼士

- 不要加入有油分的食材或熟食、魚或肉。
- 若未能適應果皮酵素的氣味，這是材料的緣故，若只用柑橘和檸檬果皮，氣味會清新得多。
- 瓶身在發酵的過程會膨脹，故用膠樽最好，玻璃瓶或會爆開。不要把整個膠樽斟滿。
- 效果理想的果皮酵素應該是呈深蜜糖色。若變黑，不妨再加糖發酵。
- 切記先稀釋才使用，它的濃縮度足以令皮膚有灼痛感。

【醋】

具溫和酸性的白醋很平凡，但卻用途廣泛。我們會用白醋來洗地、疏通廚房去水渠、殺菌和辟味。它可以稀釋使用，亦可以混合其他材料來達至不同的清潔用途。

多用途殺菌劑

用途　清潔馬桶、洗手盆、砧板、雪櫃和其他需要殺菌除霉的地方。

做法　把水和白醋以 1：1 的比例混合，並倒入噴樽。

多用途清潔劑

用途　一般抹拭用途、清潔玻璃和鏡面。

做法　3 杯水和 1 杯白醋。

洗地水

做法　把半杯白醋倒入地拖桶，然後加入大概 2 公升水後即可使用。

床褥噴霧

用途　吸味、預防床蝨等害蟲。

做法　把 1 杯醋和 1/4 杯酒精倒入噴樽。

貼士　可按喜好加大概 10 滴精油，例如尤加利、丁香、苦楝、香茅等。

【梳打粉】

除了醋之外，梳打粉是我們唯一會購買的清潔劑。除了用作烘焙之外，它有去漬和吸味的作用，用途廣泛。

一般去漬劑

用途　不算頑固的爐具油漬和浴室霉菌。

做法　混合大約 1 湯匙梳打粉和 1 杯熱水，噴灑後用濕布清洗，或者混成糊狀鋪在污漬表面，待乾後清走。

雪櫃吸味劑

做法　把一小碟梳打粉放入雪櫃內。

【自家製蘋果醋】

我偶爾會稀釋這個自製蘋果醋作護髮素，沖洗後頭髮會出奇地順滑！蘋果醋亦可以當作白醋使用，作不同家居清潔用途。我家長期置有自製蘋果醋，當白醋用光時備用。

做法　同果皮酵素的做法，以 1：3：10 的比例混入糖、蘋果皮芯和水，發酵 3 個月後即成。

【抹布】

我家沒有微纖維抹布，因為它在洗滌的過程會釋出微塑膠。事實上，家中十餘塊備用抹布都是用破舊的浴巾和舊衣縫製而成。

【可重用濕紙巾】

把大概 20 片家庭裝可重用布巾放進大玻璃瓶，然後斟入水至浸過布巾的高度，加入適量酒精和家事皂絲或洗碗液，搖勻後待布巾濕透即可使用。冷藏備用。

【自家製廢油皂】

從洗衣到洗碗，我家使用的都是利用向附近小食店收集的廢油來自製的家事皂。但過程比較複雜，適合進階版的「家事主管」。不過，使用氫氧化鈉有一定的危險性，不建議在家中製作 —— 除非你有另外一個適合製皂、通風良好的場所或戶外空間，但製作時亦要小心。

❶ 為免一般的清潔劑在家中釋放毒素，亦為了減少購物，我們家只採用零毒性的自家製清潔劑。製作廢油皂時，千萬不要讓小孩靠近，因為氫氧化鈉是化學品，記得帶口罩和手套。

家裏沒有大櫃 ——
減少家具和選擇靈活的款式

我們為之神往的理想家居環境，大多數是簡潔寬敞，為何自己的家居卻沒有這種效果？雜物是主因之一，其次就是我們太習慣被大型家具所包圍了。試想想，家居牆壁不被大型家具遮蓋，或者保持牆壁有一半不被家具遮蓋，可以大幅提升家居的空間感。

❶ 家居牆壁沒有被大型家具遮蓋，令人倍感輕鬆。

處理大型家具很累

自小習慣每隔幾年就搬家，久而久之，居無定所、隨時準備搬走的觀念早已植根於腦袋。因為搬家經驗豐富，深切明白大型家具太多，不是苦了搬運工人，最終還是苦了自己（因為費用會更高）。從經驗得知，每個新居未必容得下龐大笨拙的家具，或者會因為難以擺放、尺寸不對而被淘汰。結果唯有棄舊買新，既浪費金錢，又為堆填區添加負擔。

❶ 寬敞的空間，也給愛犬更多活動空間。

沒有雜物就不用太多家具

很多人添置新居時都會購買衣櫃、組合櫃、書櫃等大型家具，我們不假思索地認為這類家具是必要的，原因只是因為我們有東西要存放，這亦等同於把自己的舒適空間讓給死物。只要家中沒有多餘的雜物，就可以省卻收納的必要，那麼便不需要這樣的家具了。況且，有表面的家具就必然會成為塵埃的聚點，定時清潔是必要的；所以減少家具數量可以直接節省管理家具的時間、精神和力氣，讓你倍感輕鬆。

靈活寬敞的家

你可會發現，容易搬動的家具能方便你隨時改變家居格局，營造新鮮感和隨心情和需要來改造家居。所以我特別喜歡矮小、靈活、方便拆卸的小型家具，哪怕它們算不上是正式的家具！

舉例說，我們家的客廳已經多次轉換佈局，有以榻榻米當作坐墊、音響箱當作茶几。如果有訪客來訪，就稍為調整可伸縮的飯桌。現在的家本身已有入牆衣櫃，但以往舊居沒有衣櫃，我一直使用一個靠牆而立的掛衣架，既可容易拆卸，而且因為狹小而可以放得進任何房間。書房裏只有書枱和三層活動收納架，方便我隨時改變佈局。

❶ 淨白的掛畫，與「平安自在」互相呼應。

減少大型家具貼士

☐ 購買大型家具時請三思其必要性，如果是用來收納物品，則先盡量清理物品，看看是否還有此必要。

☐ 盡量選擇可以輕鬆拆卸的家具，空間感更多，要搬家時亦倍感輕鬆。

☐ 選擇可以靈活搬動的家具，例如可以搬到家中各處的輕盈茶几和桌子。

☐ 思考有否其他代替品，例如輕巧的收納箱和掛桿。

每天逐小完成家務：
小清潔很重要

辛苦工作了一整天，回到家中卻見到一片凌亂，
但累到不願意再動，於是任由自己在「亂葬崗」
裏耍懶。心裏知道是時候大掃除，但一想起要大
掃除就未掃先累了。

有一段時間，因為工作繁忙，沒時間打理家務，
然後每次都等到再也接受不了才找鐘點姨姨來打
救。結果發現家中短暫保持整潔的時期，就是鐘
點姨姨離開後的一、兩天。

❶「別為明天的自己添麻煩，因為她將有明天的事要忙。」每當想起這句話，我就有動
　力去做好今日要做的家務。

無論做家務是否我們的興趣，但我們都需要一個整潔的家居。除了因為安全和衛生之外，還有我們的心理需要。家居環境不整潔，在無形中會令我們無法安樂自在。遲遲不整理家居，就像工作清單上的一項無限延期的事項，給我們心理負擔和壓力。

「別拖延」成為日常習慣

提到要清潔家居，不少人的心態都是「遲些再做吧」。這種拖延的心態持續一段時間後，我們就會發現冷氣機和風扇有很多塵埃，為甚麼書枱表面好似不太清爽？

聖嚴法師曾叮囑弟子說，在酒店留宿後要不留痕跡，以免為清潔工增添工作。原來觀察自己在每個動作後，為環境遺留甚麼痕跡，細心觀察並及時處理，就無需每次清潔都要勞師動眾，因為「新鮮」的污漬總是最容易清理的。

每一刻都是清潔的時候

前文提到，我在法鼓山時天天都洗廁所，原因並非馬桶天天都很髒，而是為了讓每位使用者都可以舒適自在地享用整潔的空間。同樣，我們做家務的重點不是要清理污垢，而是要保持整潔。有了這個心態，做家務的態度就會不一樣。

定期大掃除很難嗎？只要把全屋清潔這個大工程細分並每日做一點，這樣會輕鬆和容易得多。我們未必需要一次過把整個家居都大洗一遍，不妨把家中各區分拆多天來處理，每次可能要 5-15 分鐘。今天先抹一小撮牆壁，明天抹一抹馬桶，後天清洗其中一部冷氣機隔塵網。逐少逐少地做，就可以把整潔家居無縫地融入日常習慣，不至於有大掃除那種汗顏的感覺。

❶ 每當發現「新鮮」的污漬，就要盡快清理。

家務小貼士

☐ 堅持每日掃地，並用拖把輕抹地面作基本清潔。

☐ 留意到地板有任何污漬，立即抹掉，以免污漬積聚。

☐ 煮食和洗碗後，留意牆壁和洗碗盆周圍，把殘留的油污或水漬及時抹去。

☐ 每晚刷牙後，用抹布抹乾洗手盤和水龍頭，避免形成霉菌和鏽漬。

☐ 每次照鏡後，用抹布輕拭鏡面，保持鏡面清潔。

☐ 定時清理回收品，每次清理一類會倍感輕鬆。

☐ 煮食後立即洗好廚具，讓自己輕鬆用餐，餐後要洗的碗碟就更少。

☐ 用餐後馬上把碗碟洗乾淨，然後安心做其他事。

☐ 用完的醬料和飲料容器馬上清洗，否則忘記了渣滓會變壞和招惹害蟲。

☐ 起床後立即把床鋪整理好，每晚讓自己回到整潔的睡床。

☐ 用完的充電線要捲好，放回原位，這樣可以延長充電線的壽命。

☐ 每次翻找衣物，把其餘的衣物整理好，以免凌亂。

減少製造垃圾的心得

我曾經自行做過「家居廢物審計」，發現垃圾桶絕大多數都是塵埃和狗毛。家居廢物不僅增加堆填區的負擔，要分類、處理和棄置，每一環都是耗用時間和力氣，所以減少製造垃圾不僅是為了環境着想，也是為自己的生活省卻不必要的煩惱 —— 活在步伐急速的城市，需要我們精神和時間的事情已經夠多了！

常言道「源頭減廢」與佛家的「本來無一物，何處惹塵埃」同出一轍，以下一些建議正好讓你的心思和時間花在值得花的事情上。

❶ 風呂敷是日本傳統文化中用來收納物品的包裹布。

裸買

- 在袋中常備膠袋、「風呂敷」（日式包裹方法）、餐具和小布袋，以備不時之需。
- 購買外賣晚餐時自備餐盒。
- 柴米油鹽已有很多零包裝的選擇，只要平時留意街市商販和裸買商店可提供的散裝產品，例如米、鹽、粉麵、咖啡和茶葉等。
- 很多個人用品都有散裝出售，你知道嗎？現在坊間已有護膚油等個人護理品的裸買選擇。

自行消化垃圾

- 盡量選擇玻璃包裝的產品，因為玻璃器皿有很多用途：儲存乾貨、盛載自製醬料和隔夜餸菜、自製蠟燭、水瓶、盛載送禮用的自製食物等。
- 純紙製品和紙皮雞蛋盒可以放進自家堆肥箱。
- 曾經購買噴樽？不要丟棄！只要妥善清洗，噴樽很適合留作盛載家居清潔品和澆水。
- 妥善回收：現在香港各區都有回收站，回收塑膠、金屬、紙張和小型家電等，建議在家中把回收品分類存放，然後一週或一個月到訪回收站一次。

慎買

- 每次購物都先搜集資料和預先計劃，可以減少我們購買不必要和多餘物品。除非是有緊急需要如急救用品，否則沒有東西是非立即買不可的。每次想購買時，先給自己冷靜期，思考一下是否真的需要，或者家中已有替代品？家中已有材料自製？

❶ 蜂蠟布可取代保鮮紙。

- 廚房奉行一期一醬的原則，盡量把現有的醬料吃完才買新醬料，以免被遺忘在雪櫃的醬料因為過期而白白浪費。

- 充分「利用」親情和友情，只需要用一次的物品，不妨向親友借用。

- 購買一次可重用物品，就是取代無限次購買即棄品和消耗品。蜂蠟布可以取代保鮮紙；可重用布巾取代廚房紙和紙巾。或許價格會貴一點，但想到從此省卻購買新品，就會明白是精明的投資。

- 如果無可避免要購買有包裝的產品，不妨研究一下有否更好的包裝選擇，例如盡量選擇純紙包裝（即不含膠膜或其他物料）的產品，因為紙張和紙皮比較容易處理和回收再造；其次是可重用的玻璃或金屬器皿。

- 購物時謝絕不必要的包裝，購買衣物時會選擇把衣服直接放入袋中，謝絕紙袋和包裝物料；購買鞋履則可以只取用鞋盒和鞋袋。
- 不用膠枱布，用可洗滌的枱布和布餐墊，我們家的布餐墊都是自己用舊衣梭織而成。
- 選擇會回收器皿的商戶，市面上洗髮露、梘液、面膜、消毒噴霧、刷牙粒等都有回收器皿的選擇。

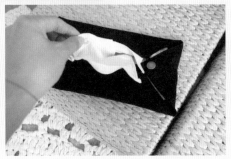

❶ 可重用布巾取代廚房紙和紙巾。

家中減少用電可以嗎？

回歸人類的最基本，我們對家的需求是水、食物、空氣、睡眠的空間。但在現今世代，用電變得像呼吸一樣理所當然。單是在這一刻，我只專用於枱上的手提電腦，背後也有風扇和路由器正在無聲地運作。失去電力要怎樣才能活下去，變得無法想像。

有電不是理所當然

有電和光，已經變得像大氣中的氧氣一樣來得理所當然，但我們都知道能量供應依賴非持續的化石燃料，佔全球暖化溫室氣體的三分之一[3]。單是香港，單是香港，本地發電是至今最大的碳排放源，佔總量約 67%（18% 為運輸、15% 廢物及其他）[4]，所以減少用電是一種生為而人的道德。

3　https://ourworldindata.org/renewable-energy

4　https://www.susdev.org.hk/pe2019/tc/public-engagement.html（長遠減碳策略公眾參與）

回歸手動　減少電動

除了電燈和爐具等應付基本需要的電器外,我們還有電腦、手提電話、平板電腦,甚麼都可以變成電動玩意,就連牙刷和寵物飲水器都要用電了。

在日常每個細節都要用電,不僅對全球氣候、生態和萬物帶來難以說清的負面影響。我們彷彿正在慢慢地讓它們取代了天賦予我們一雙手的技能。因為有食物處理器,刀法變得不重要。有否發現習慣了打字,用筆寫字的能力彷彿正在退化。有了手機鏡頭,用菲林機拍攝的美學彷彿正被遺忘。與此同時,保留不用電的工業,也是確保未來人類的技術不會過於單一化。

＋ 以手動取代電動,可讓我們感受到自己的原始能力,同時也是一種鍛煉。

不必要的電器

以下是我們認為沒必要而沒有使用的電器，不妨按你的個人需要而決定。

麵包機	• 麵包機只有單一功能，而且運作時間很長，改用焗爐吧！
吸塵機	• 我家的吸塵機閒置了很久，只供鐘點姨姨備用，平時都用掃把和刮毛刷。
乾衣機	• 最節省空間的曬衣繩或可摺疊曬衣架。
美容機	• 見過很多女生都在對自己的皮膚吹毛求疵，真的是不必要，用平常的護膚程序已很足夠了。
電動寵物飲水機	• 毛孩口渴時，見到水已經很高興。我們不用電器來飲水，牠們亦不用。
熨斗和蒸氣熨斗	• 儘管為處理大量衣物，執嘢都會使用熨斗和蒸氣熨斗，但家中多年來都沒有熨斗；因為盡量不選擇要熨的衣料、曬衣時會先撫平衣物，有需要時把衣物掛在浴室或滾水上面，讓衣物沾到蒸氣後拉平皺褶和曬乾。

電動開瓶器	• 手動的已經夠了。
咖啡機	• 可能因為我們對咖啡不太講究，所以用手壓咖啡壺已經很滿足，其實研磨器也有手動的。
電暖毯	• 鋪上一塊毛毯，睡覺前穿襪子。
電動香薰機	• 你只需要一小鍋水和一個小茶燭。
電熱水壺	• 習慣每天早上用小型湯鍋煲水，然後倒進保暖壺內。
微波爐	• 用平常煮食廚具加熱。
打蛋器	• 長輩自小教導用叉打蛋均勻得多。

家居基本節省能源方法

☐ 改用 LED 燈泡。

☐ 洗衣機的溫度調至攝氏 40 度以下，越低越好。

☐ 離家和睡前關掉所有電器，特別是 Wi-Fi，這樣對蜜蜂更好。

☐ 夜間室內太光會影響腦部休息，不用太多燈吧！

☐ 要開窗促進空氣流通，尤其是對流窗，可以減少開冷氣的必要。

☐ 遮光布在夏天有助降低室內溫度。

☐ 在炎夏時用涼水洗地有助調節室內溫度。

☐ 冬天靠陽光保持室內暖和。

☐ 用完的電器要從拖把拔走，備用亦會耗電。

☐ 盡量選擇有一級能源標籤的電器。

☐ 安裝太陽能板（如適用）。

☐ 若住在頂樓連天台的單位，在天台種植可以減低室內溫度。

☐ 善用太陽能等科技產品，以可再生能源為科技用品充電。

4.10

在家中騰留呼吸的一角

城市人的家居規則，大多數都是客廳、飯廳、廚房、浴室和睡房，每個空間各有用途，我們從小到大的家居環境都是按這個方式劃分。但是，無論家居面積多大，你的家居規劃都應該有一撮平靜的空間。哪怕是大至一個房間，小至一塊坐墊。

⬆ 這是我的呼吸一角，用來閱讀和冥想。

讓你歸零的充電艙

在家工作多年，起初我的家居規劃只是增設了工作間，但是越來越發現給自己騰出平靜的空間很重要。那個空間介乎於睡房與客廳之間，因為不會用來招待親友，沒有懶洋洋地躺着的梳化，但又未至於會令我躺下來睡覺，是一個讓我可以舒服地坐下來，安靜地甚麼都不做，時而只是打坐，時而看書，或者時而只是坐下來不受打擾地整理頭腦。

無論我們身在何處，世界都向我們傳來很多訊息，把專注力吸引開去。例如我們拿起手機和打開電腦，或者在廚房、浴室、飯廳等空間，每處都彷彿有着需要我們注意的事情。有這樣的角落，可以讓專注力回歸到自己的呼吸、內心和思想，它就像一個讓我們歸零的充電艙，調伏身心。

一行禪師曾提到，每個家都應該和可以有一個呼吸室，或者一個作此用途的角落。「我們或者為其他一切設置了一個房間 —— 浴室、睡房、客廳 —— 但我們大多數人都沒有一個房間是留給自己的呼吸和平靜思想。」他形容這個空間是一個神聖的地方，不需要有任何家具。「每當你感到難過、悲傷或憤怒時，你可以走進呼吸室，關上門，坐下來，邀來鐘聲，正念地練習呼吸。」

片刻停頓梳理思緒

這個空間沒有既定的裝潢要訣或風格指南，最重要的是，讓你自己感到舒服地好好坐。那裏要沒有雜物、沒有電訊用品，就像一個自己的保護繭。對有打坐或禪修的人來說，這個空間當然是修習的好地方。但如果你尚未接觸過打坐或禪修，你可以在這裏好好坐就夠了。

而我的這個平靜空間，就是在書房的一角，以一張地毯作出空間規劃。房間裏不會擺放多餘的物品，只是我最愛的書本、榻榻米蓆、座墊。每當我工作忙到喘不過氣，或者需要整理一下思緒，或者只需要停頓半刻，我都會在這裏坐下來。世界的紛亂聲音，慢慢就從腦袋中退去。

❶ 靜觀大地的自然生態，也是一呼一吸的最佳練習。

Q&A

家中長輩很喜歡囤積物品，令我
覺得很煩躁，怎麼辦？

清淨是從自己開始的，先把你的起居空間執拾得
簡潔舒適，也讓長輩知道這樣的空間給你甚麼良
好的感覺。之後，在家人共用的空間中，把每樣
你用完的空間都執拾後，邀請對方跟你一起享受
這份舒適的感覺，耳濡目染。更重要的是，了解
長輩囤積的原因，嘗試填補他們內心的缺口。例
如喜歡把別人不要的東西拿回家，可能是因為他
個性不擅於對人建立適當的界線。喜歡舊東西，
可能是他對現狀有任何不滿足的想法，導致他懷
念過去等。

Q2.

家中有很多新簇簇的東西，想棄
置又覺得浪費，怎麼辦？

唯一不浪費的方法只得兩個：不買和善用。既然
買了，只有善用才是不浪費。把東西閒置也是一
種浪費，所以何不轉贈給會善用的人？不妨放上
二手轉售平台出售，或者問有否親友有興趣接
收，另外亦可放到網上轉贈別人，或拿到換物活
動與眾分享。

Q3.
市面上有牙膏改用了可回收塑膠
包裝，這算是環保的選擇嗎？

塑膠仍是石油副產品，不是一種永續物料，況且
它原本的塑膠包裝也可以回收的。市面上其實亦
有散裝或提供容器回收的潔齒粒。如果想自製亦
可，最簡單就是以梳打粉和椰油混合。

Q4.
另一半因為家中有小孩，性子急
而無法配合事事分類下參與回收
活動。怎麼辦？

這證明了有廢棄品是一種煩惱，所以源頭減廢很
重要。如果因為要照顧孩子而時間不夠，可以安
排一星期一天做家居購物日，帶備可重用購物袋
去買菜和日常用品；當你集中和有計劃地購物，
就更容易買到零包裝產品。或者可以帶小孩一起
到各區回收站，讓他從小學習保護環境的意識。

CHAPTER 5

行

放慢行程減法生活

「我們愈是清晰地專注於周遭宇宙的奇妙與現實，我們就有較少的意欲去摧毀它。」——麗秋・卡森（Rachel Carson，1907－1964）[1]

在營運「執嘢」的頭幾年，我們比較注重於改變別人的行為，所以在環保教育上只偏重於「你應該做的是⋯⋯」。久而久之，我們發現了若不改變人們的心，那些與永續原則相違背的習慣與觀念是無法連根拔起的。所謂「永續生活」，不是一本厚厚的教條，而是像撥開烏雲見青天一樣，讓我們重新發現自己的本來面目——即是身而為人與世界的連繫。

環境學者娜塔妮・費（Natalie Fee）曾撰寫 *How to Save the World For Free*（《如何免費救地球》）一書分享怎樣在日常生活中拯救地球。她以二百多頁列出的生活清單，我們可以不假思索地照做就可以，但不清楚初衷而盲目跟循的行為是毫無意義的；所以她形容這些要點終歸是為了「你以及你與世界的關係」[2]。畢竟若我們沒有意識到我

1　麗秋・卡森（Rachel Carson，1907-1964）是美國海洋生物學家和自然作家，其 1962 年著作《寂靜的春天》（*Silent Spring*）是首本詳述農藥與環境污染的環境學著作。

2　Fee, Natalie. (2019) *How to Save the World For Free*. London: Laurence King. p9.

們與世界的關係，只會繼續把地球視為沒有靈魂的起居空間，沒有意欲去保護它，更不知道保護它，其實也是在保護我們自己與下一代。

要重建與大自然的連繫，我們不需要重拾原野生活，只需要換個角度觀看世界與我們的生活，覺知到人本身就是世界的一分子。我們不是生活在這個地球上，而是地球的一部分，與大地的其他人、萬物、空氣、海洋、岩石，每一樣都是環環緊扣的。

以不傷害大地的方式生活，一定是美好的。願本章能夠助你擦亮內心的鏡子，領略永續生活的真締，編寫屬於你的永續生活模式。

梭羅式生活啟示

你心目中的美好生活是怎樣的？或者你現在的腦海開始湧現一些畫面：舒適寬敞的安樂窩、成功而穩定的事業、無顧慮的盛饗，與家人和伴侶安樂美滿。這些畫面是否都以城市作為背景？

生於發達完善的城市，是我們的幸運。由出生開始，我們的人生道路要怎樣走，城市的體制彷彿早已替我們安排好。想居住在怎樣的地方、過怎樣的平常日子，儘管每個人心目中的構圖都不一樣，可是那些美好生活的拼圖，似乎大部分都是離不開城市模式。

❶ 山居生活追求的是自然簡樸，很大程度與梭羅式生活有關。

城市生活不是唯一的

回顧歷史，當全世界為現代工業化的無限可能性而雀躍的時候，曾經有一個人卻想實驗反樸歸真的生活。那個人正是美國自然主義哲學家梭羅（Henry David Thoreau，1817-1862）。

梭羅曾經沾滿城市人的氣息，哈佛畢業、居於紐約，但懷才不遇令他嫌倦了城市生活，搬回家鄉康科德城，接手家人的生意。可是，一直深感與現代社會格格不入的他聽取一位哈佛同學的想法，在湖邊小屋沉思與閱讀。於是在 1845 年，27 歲的他毅然到華爾登湖畔森林展開兩年半的湖畔生活。

梭羅相信最簡單的生活是最美好的，所以他反對現代人稱之為「進步」的物質，認為它們並沒有如想像中那樣改善生活，反而生活變得複雜。梭羅說過：「人們讚揚與推崇為成功的人生只是其中一種而已。」眼見世界變成「商業的地方」，人們沒有休閒的時間，只有不斷地工作 [3]，為了實驗自給自足的簡約生活，他砍伐松樹來建造小廬作為居所，主要以野生蔬果和自己種植的豆類作食糧。平常日子就是清理雜草、釣魚、游泳、靜坐、閱讀寫作和觀察當地野生植物。他形容每天

---

3 Thoreau, Henry D. (1863) "Life Without Principle". *The Atlantic Monthly*. Boston: Ticknor and Fields.

早晨都是「愉悦的邀請」，讓他細味與大自然共存的簡單、天真無邪的生活 [4]。

值得一提的是，梭羅並非反對文明和推崇原野生活。他的湖濱生活對我們來說具啟發意味，他當時的日子並非與世隔絕，他依然偶爾教書和做散工來維生。他相信現代人的生活方式是可以融合自然與文化，而且有不同的可能性。

現代梭羅的蹤影

《明日風尚》的採訪歲月把我帶到其他地方，縱然找不到梭羅，但亦發現不斷追求進步的文明並非每個人所嚮往。我才開始知道原來很多人嘗試脫離既定軌跡的生活。

在印度東北部城市西隆，我遇到一位曾經居住在孟買的音樂人 Keith Wallang，他厭倦了城市的繁囂，選擇回到簡陋的故鄉。山城西隆距離最近的機場有 4 小時車程，他大部分時間留在那裏扶育年輕音樂人，重新定義自己的日子。丹麥哥本哈根自由城 Christiania 居民更是勇敢地在城市的中央過着非城市化的生活，以自己的方式過着自給自足的生活，不沾染城市的塵埃。中國安徽省碧山計劃嘗試在鄉郊建立烏托邦，吸引知識分子重返鄉村。

4　Thoreau, Henry D. (1854) Chapter 2: *Where I Lived and What I Lived for*. Walden. Boston: Ticknor and Fields.

● 平常日子多與動物相伴，用心體會到大自然的簡單動人。

近年來，每每關於「Off the grid」的人物故事特別會引人關注。「Off the grid」原本意指不連接公共設施而過活。有些人確實是認為城市的運作模式與永續相違背，而選擇自行建立可再生能源網絡，例如自己安裝太陽能板、用生物燃氣等。

時至今日，這些與城市化朝相反方向走的生活理念，已經變得更加成熟和多元化。外國的「小屋子行動」（Tiny House Movement）在歐美和澳洲等西方國家興起，有些人會把舊巴士和客貨車改裝，或者由零開始興建極小巧的房子。他們崇尚把物質生活極簡化和把生活空間縮細，以減輕生活的負擔。

由自己設計和定義生活

加拿大有一對夫婦 12 年前於遠郊興建了一間泥屋，建立了自己的食物森林，並人手挖井來收集雨水，用火箭爐提供暖水沐浴。瑞典年輕夫婦 Tova 與 Mathias 搬到森林 8 年[5]，因為沒有接駁電力，晚上通常用蠟燭和油燈，並從附近取柴生火煮食。他們選擇的生活都有一些共同通。他們的生活沒有一個預設樣板，完全由自己設計和定義。他們放棄世俗的追求，回歸最根本的生活，製造和儲存食物和保暖等變得認真地做的事。他們避免消費和浪費，同時熟習傳統的技藝與生存技能。他們活着充實、健康和快樂的生活。這些實驗有別於嬉皮士文化，而是在現代的語境詮釋梭羅的生活觀：「簡單，簡單，再簡單！」

5　https://www.talasbuan.com

● 細讀《湖濱散記》的緣故，多少會令人嚮往那份悠然自得的時光。

城市生活並非一定是負面的 —— 人口集中有利於能源效益，減少人類對大自然的影響，其實是較為符合永續原則[6] —— 但我們至少可以從這種簡單生活學習：減少擁有物質、縮小居住環境、少點耗用能源的娛樂、多點與大自然共處的時間。

清淨的生活之所以會更加快樂，是因為它把現代生活的承擔卸下，讓我們有空間去思考：你心目中的美好生活，到底是怎樣的？

6　https://www.bloomberg.com/news/articles/2012-04-19/why-bigger-cities-are-greener

5.2 慢生活就是一種環保——
讓生活簡單的點子

放慢生活步伐，就是從日漸急促的節奏中抽離，
以平靜和充實的時刻編織日子，而不是把人生建
設於外在感官刺激之上。這樣不僅更有利於我們
與地球的健康，而且當人慢下來，大腦就會有更
廣闊和清晰的思考空間，及早計劃生活的細節。
只有這樣，我們才能有覺知地作出每個選擇，重
拾生活的本來面貌。

❶ 放慢腳步，你才有心思去細觀大自然的奧妙。

慢 散 步

我們的雙腳是最簡單和靈活的交通工具，每一步
都牽動着生命的動力，儘管選擇步行，就是促進
生命的力量在體內流動。如果目的地徒步可至，
那就無需乘搭交通工具，或者你可選擇縮短代步
行程，多插步行的時間，這樣也是令頭腦靈活、
促進健康的選擇。若步行時有辛苦的感覺，肯定
是因為超出了我們當下應有的步伐。要知道緩慢
地步行是不會累的，要在適當的時候容許自己把
步行的時間拉長，把用力度降下。

慢 代 步

在哥本哈根的商業區的時候，感覺單車比私家車
還要多，畢竟這是零能源的交通工具。雖然在香
港以單車代步並不盛行，但這並非不可能；事實
上，愈多人選擇以單車代步，道路對單車使用者
來說就愈安全。

慢 呼 吸

慢慢呼吸。留意一下，我們平時的呼吸是短而急
促的。慢慢地深呼吸是最簡單和自然的方法，有
效提醒我們慢下來。深深吸一口氣，再細慢深長
地從鼻孔呼出。不用刻意，有需要時就慢慢深呼
吸幾下就可以了。

慢獨處

留更多時間給自己獨處。外在的人與物都會吸走
我們的注意力，加快了腦海東奔西跑的步伐。讓
自己有獨處的時間，遠離任何分散專注力的東
西，你會發現如此簡單就可以慢下來。

慢聆聽

學習聆聽別人的說話，減少發表自己的想法，也
是一種慢下來的練習。達賴喇嘛尊者說過：「當
你說話的時候，你只是重複自己已知的事情。但
當你聆聽，你或會學到新事物。」

慢洗滌

無論是洗手或洗碗，希望盡快洗完的念頭令我們
把水流加大，然後水花四濺。曾經親眼目睹西貢
「鹽寮淨土」創辦人區紀復先生示範，在一個膠
水樽上篤一個小洞，流水足以供十幾人洗手。事
實證明，放下急心就能節省用水。

慢閱讀

現在越來越多速讀應用程式，讓你十分鐘內看完
一本書，但書本是無價，思考是需要時間的。那
些速讀程式或會給你內容，但不會讓你聽到作者
的聲音。讓自己慢慢讀一本書吧！

讓眼睛和耳朵休息

我們每日接觸太多視覺和聽覺的衝擊了,汽車嘈音、音樂聲、熒幕藍光、廣告霓虹燈……永無安寧的眼睛和耳朵會影響我們的專注力,有目標地讓自己的眼睛和耳朵休息,感受世界的寂靜。

擁抱悶蛋

會抱怨悶的人,只是習慣了用外在刺激來填充生活。減少要處理的工作和節目,讓自己的行程「留白」,讓身心休息吧。

⬆ 這不是奇怪物體,而是在浪不大的岸邊找到的「海菠蘿」。

5.3 離開科技的高速捷徑

在西方國家，有一群人依然以馬車代步，衣着停留在《仙樂飄飄處處聞》的年代，過着簡樸的農村生活。他們是艾美許人（Amish）。

艾美許是基督教的一個傳統分支，散落在歐美和澳洲各地，過着遠離現代世界的簡樸生活。在他們所遵循的「Ordnung」（規條）當中，其中一點是特別鮮明的 —— 摒棄現代科技。

⊕ 面對科技，只要不沉迷，懂得善用，也可提升生活質素。

科技令我們失去甚麼？

艾美許人之所以抗拒科技，並非不切實際地留在歷史的幻想當中，而是因為他們覺得現代人盲目地適應科技，誤以為它會令生活變得更美好，卻沒有思考從中會失去甚麼。以汽車為例，艾美許人抗拒汽車是因為他們認為這會拉長鄰里之間的距離，繼而令社區關係變得疏落，加上對環境污染的考慮，故此他們認為不值得引入汽車。

想到科技讓我們失去甚麼，腦海中第一個想法就是知識與能力。作為見證互聯網誕生的一代，我們親身經歷着現代人類社會怎樣把更多獨立的能力拱手讓給科技。遺忘算術，讓計數機代勞；錯別字也不緊要，因為電腦自動校對，我們其實連「執筆」都甚少會做到了！

「我們曾經更加自給自足，沒那麼依賴科技和能源。我們失去了很多技能。」比利時獨立環境記者 Kris de Decker 對此感受特別深。多年前，我看過他在 2007 至 2009 年先後創立 *Low Tech Magazine* 和 *No Tech Magazine* 後就迷上了這個傳統技術知識寶庫，並且訪問過他，當時他跟我說：「我們不知道食物是怎樣種出來、肥皂的做法，或者怎樣打好一個結，然後卻覺得這樣完全沒問題，因為我們變得太聰明了，不用識做這些事。我們看不起貧窮國家的人，但他們的求生技能比富裕國家的人好得多。」事實上，有了打火機之後，還有人知道生火的原理嗎？

Kris de Decker 在城市居住，他的兩個網站旨在探索因為科技而失落的知識。而他本人並非貶低科技生活。冬天以保暖衣物禦寒，夏天以遮光窗簾降低室內溫度等，其網站伺服器的能源來自寓所露台的太陽能板。

追求智慧而非物質上的進步

科技帶給我們方便和效率，但同時令我們忘記與天俱來的能力，以及我們從中失去了甚麼，尤其是知識與技能。這讓我想起一部名為 *Slow Tech* 的著作，身為考古電視節目主持人的作者彼得·金（Peter Ginn）把書中詳述的多項傳統和古老的技術視為「現今數碼世界的完美救藥」[7]，例如用營火製作陶器、生火煮食、製作啤酒、不用火柴生火和曬鹽等。

科技排毒是身心的鍛煉

我寫這篇文章的時候，還是在遙控智能燈光之下，在電腦面前字字鏗鏘，聽着從 Spotify 傳來的音樂。我們都可以在各自的生活框架內，像艾美許人般思考科技讓我們失去了甚麼，並以 Kris de Decker 的精神盡可能發掘取代科技的方法。

❶ 遠離電子娛樂，多到外面走走吧！

7　Ginn, Peter. (2019) *Slow Tech: The Perfect Antidote to Today's Digital World*. London: Haynes Publishing.

慢科技點子

☐ 給自己「離線」的時間，每日至少有 1、2 小時遠離手提電話和電腦等科技產品，尤其是睡覺前。

☐ 食飯時不看手機，專心進食。

☐ 與社交媒體相比，書本是更好的消遣。

☐ 多點約朋友見面，容許自己減少使用通訊程式。

☐ 間中把手提電話和電腦的即時通知功能關掉。

☐ 欣賞自己一雙手，多動手做工藝。

☐ 由於家中沒有洗衣機，我習慣幫襯洗衣舖，但家中有木洗衣板，以備有時間時自己動手洗衣。

☐ 既然有風和陽光，何需乾衣機？

☐ 以到訪實體店取代光顧網店，增加與人的交流。

☐ 串流音樂很方便，但現場音樂表演也很可貴。

☐ 盡量使用不需要用能源的實體物件，例如筆記簿、香爐、掃把、時鐘和相機。

☐ 如有實物取代，避免使用應用程式，例如以心算代替計數機，可以活動腦筋。

☐ 到外面走走吧！運動和郊遊是抽離數碼世界，回歸現實的好方法。

換物與分享 ——
透過物件拉近人與人的關係

打從首場「執嘢」活動開始，我們一直稱呼每一場公眾活動為「換物派對」，因為在我們眼中它的確是一個派對。而每一次都是以二手物品作為媒介，建立人與人之間的連繫，讓大家享受到的不僅是物質上的清減和得着，還有人與人的相遇時光。

● 如何解決過度消費？答案就是「換物派對」推廣的以物換物。

記得 2012 年在兆基創意書院舉辦的換物派對，事後有參加者在影片 [8] 裏分享，看見有陌生人拿了自己帶來的東西而冒昧上前邀請拍照留念；兩位一齊來訪的朋友在鏡頭前笑着分享大家互取物品，言談間的重點當然是友情，而不是物件本身。

我們應該怎樣看待物質

我們以時間與生命來換取金錢，再以金錢來換取滿屋的物品。可是，物質本身是不會為我們帶來快樂的，而我們願意消費是因為冀望物質會帶來一些觸動心靈的特質，好像衣服會帶來自我良好的感覺。

我們大家都很輕易和欣然地把東西一件一件地買回來；但有趣的是，到了要捨棄的時候，我們卻沒有把它們一件一件地送走。這是因為我們忽視了物品背後的靈魂，對它們缺乏一份尊重。

❶ 即使是植物都是資源，不應隨意丟掉。

8　https://www.youtube.com/watch?v=DR-xGcRyoN0

資源其實包圍着我們

幾年前，在台灣推廣 Freegan 文化的《空屋筆記：免費的自由》作者楊宗翰來香港旅遊，經環保界朋友的介紹下來到我家借宿兩天。我們途經垃圾站時拾獲一個小書櫃和一箱六支已封塵、全未開封的紅酒，然後把它們送到街坊的小店，讓其他街坊免費拿取。

每次回家，父母和姨姨們都會拿出很多東西要我們拿回家：果皮、磨刀石、保暖壺、餐具。我習慣有任何物質需要，向家人問一句就很有機會到手。再擴闊一點，朋友、同事、街坊和整個社會，我們身邊的人很有可能已經擁有和閒置着我們所需要的東西，而我們亦可能擁有別人的所需要，所以換物與分享絕對可以取代購物與丟棄。

相信到了這個時代，我們都不用再討論為何要選擇二手東西了。事實上，我的物質生活是因為二手而變得非常富足。從「執嘢」乃至親朋與社區，我獲得了大部分的家居所需。書枱與餐桌、電腦椅、榻榻米墊、椅子，大多數的家具都是朋友和街坊搬遷時相贈或閒置多時的東西。咕啞套、杯墊、咖啡杯、餐具都是從我們的換物網站得來，部分枱布和書本則是從垃圾站拾獲。與很多人相比，我們家稱不上物質富裕，但因為它們都是因為不浪費而獲得，感覺特別滿足。

當買玩具變得太輕易時，讓孩子樂意接收別人的二手公仔，為沒有生命的物件尋找新歸宿、注入人情味，是最可貴的。

如何把換物與分享變成你的生活日常？

如果你從未試過或不習慣換物與分享／取用別人的二手物品，我誠邀你把它當作 Bucket List（遺願清單）上的項目，給自己的物質生活一個全新的維度。我當然希望你會參與「執嘢」的活動和換物網站，你亦可以透過其他方式把這一項變成你的恆常生活習慣：

加入社區和朋友圈的群組。現時香港各區都有群組，在社交媒體可以輕易搜尋得到，加入你所屬於的群組是分享和獲取社區資源的第一步。此外，你也可以跟朋友和家人建立通訊群組，作為自己最親密的換物圈。

舉辦私人換物派對。當初我們就是三個女生，相約到其中一人家中吃飯，飯後拿出衣服鋪在枱上分享。時至今日，我們偶爾還會這樣做。邀請品味、喜好與體型相近的朋友，到其中一人家中或餐廳分享物品，這會讓你發現原來身邊有這麼多好東西。大家都可以各取所需，清理生命中不再需要的東西，同時增進感情。

每當想捨棄物品時，立即在群組或換物平台徵求新主人。這不僅會更快地為物品找到新歸宿，甚至也可能及時為身邊人省卻購物的必要。畢竟，我們每次想買甚麼都難以通知全世界，說不定他們目前正打算購買你能提供的東西。使用換物網站的好處是，每分享一件物品就可換取一個代幣，將來可以用這個代幣換取需要的東西。

想購物時，不如先向你的換物圈徵求。多留意社交群組和換物平台有否你需要的物品。選擇以二手物品取代消費，這也是鼓勵別人以分享取代丟棄。

若你願意再付出額外的努力，還可以「去盡啲」。下次在垃圾收集站看到完好無損的物品時，請你把它「救走」，為它尋找新主人。若你正在路上未能把東西拿走，也至少請把它擺放在離垃圾桶更遠的位置，提升另一位街坊願意拿取的意欲。若方便拿回家，請不客氣地拿去清潔或整理，然後擺到網上群組也好，轉交給社區中心也好，讓它重新進入社會的物質循環鏈中。

給自己一個 Mindfulness Day

生活在步伐急速、壓力沉重的香港,讓自己的身心休息很重要。但說到要休息一天,你會做甚麼?是跑到外面的世界嗎?

在香港,很多人都會選擇跑到外面作為消閒娛樂,以外面的一切刺激自己的視覺、聽覺、觸覺與感覺,這或許會讓我們暫時抽離壓力和負面情緒的來源。但是,讓外在世界左右內在的世界,並不會帶來真正的心靈療癒,反而把我們的感官與專注力停留於外在,忽略了自己 —— 我指的是自己的思想、內心和健康狀態。讓外面的世界影響自己的內在,那就是「心隨境轉」的意思。不如給自己一個 Mindfulness Day(正念日),留白一天作放空,調整心靈狀態,把專注力從過去與未來拉回來當下。

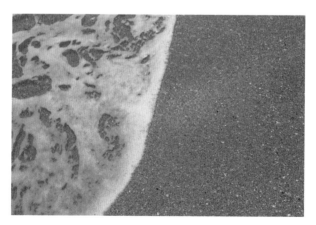

❶ 細聽潮聲與浪聲,已是正念的修習。

人人都應該有正念日的權利

「正念」的定義是有目標且不加批判，專注於當下一刻所形成的覺知[9]。騰空一天作正念日就是要練習專注於每個當下，把如猿猴般東奔西跑的心神平定下來。

一行禪師曾經教誨説，我們每分每刻都應該保持正念，但因為這一點難以做到，所以他建議每個人應該嘗試在每個星期中預留一天作正念日，而且人人都應該擁有這樣的權利。

禪師形容的正念日是這樣的：還躺在床上的時候，慢慢地感受自己細長的呼吸，然後慢慢起床，平靜放鬆地完成日常的梳洗。無論你在往後的時間選擇做甚麼 —— 打掃也好，午膳也好，打坐也好 —— 一直專注於呼吸，溫柔地把東奔西跑的念頭帶回當下[10]。

你或許會覺得，生活壓力和沉重的工作沒有給我們這種權利。但其實這種權利不是由別人賦予，而是由自己掌握。給自己一個正念日是為了讓自己的身心回復平衡的狀態，讓自己有更好的力量走下去。

9　Williams, M., Teasdale, J., Segal, Z., & Kabat-Zinn, J. (2007). *The Mindful Way through Depression: Freeing Yourself From Chronic Unhappiness*. Guilford Press.

10　Thich Nhat Hanh. (1975) *The Miracle of Mindfulness*. Boston: Beacon Press.

把身心帶回當下

法鼓山經常強調「身在哪裏，心在哪裏。」練習正念就是要靜觀自己的身體（例如姿勢、繃緊的肌肉部位等）、情緒、思想和身處的地點。你只需要專注地做日常事情就可以了，關鍵是平靜和慢慢地觀察自己的動作與內心。

坦白講，我並非時刻保持正念，事實上因為工作繁忙，在日常生活要兼顧的事情很多，也有情緒失衡的時候，這讓我發現預留每週一天的正念日很重要。就算工作忙到騰不出一天，那就騰出半天吧。儘管再忙，擠出一點時間來整頓內心是很值得寫在行程表的項目。

我的正念日，必定是留在家中。只有留在家中，我才能暫時完全不受外界的影響，不沾染別人的能量，好好整頓自己的思想和情緒狀態。有時候，我甚至會連音樂都關掉，不讓任何東西分散注意力。

從睜開眼睛的一刻開始，專注於每一個日常習慣、動作和感覺。這一天會有甚麼事情發生，並沒有預先計劃的定案。那一天，我可能會做家務，處理一直沒做的事情，或者跟狗狗外出散步、修補衣服、觀看一直想看但從未抽時間看的電影、慢慢煮飯，任何我平時沒給自己時間慢慢做的事情，都可以在正念日做。

正念日結束後，整個人不僅放鬆
了，而且頭腦會更加清晰，平時
被情緒主導的念頭，紛紛也被
扶正了。

給女生：綠色月事

致親愛的女生們：

看到這裏，你或許亦留意到，我在前面多個章節反覆提到，有利於環境的簡單習慣，其實也是為自己省卻不必要的煩惱，而煩惱就會帶來痛苦等負面情緒，說到底也是傷害自己的健康。現在我想說服你從此轉用綠色月事用品，也是為了這兩個原因：大地與你自己。

我無法列舉十萬個理由，說明轉用環保月事產品的好處，因為它的最大好處不是為我們增添甚麼，而是為我們和大地減少甚麼。地球上會減少海量不必要的垃圾，減少不必要地耗用的棉花和污染；你從此減少定期購買月事用品的必要，把它從你的購物清單上永久刪除，浴室從此不再需要一個垃圾桶。

在我們成長的那個年代，一次性衞生巾和棉條彷彿是理所當然的必需品，就好像廁紙一樣無可取替。每個女生，每個月，大概製造十多件廢物。塑膠獨立包裝、混入塑膠的合成防漏層、棉條的塑膠棒，與生俱來的生理周期無可避免地為地球帶來更多塑膠垃圾。

我們視為平常的一次性月事產品,是在 1888 年
才出現[11]。未有價格相宜的一次性月事用品之前,
歷代的女性都是用布、羊毛和棉花等物料自家縫
製。換言之,可重用布衛生巾並非創新的概念。
時至今日,綠色月事用品的研發已有十多年歷
史,現在的可重用選擇包括衛生巾、月經杯和月
經褲,在便利程度和款式設計上都追得上時代。
有些品牌不僅注重環保,也重視社會責任,為貧
窮地區的婦女提供月事用品,這應該加上轉用綠
色月事用品的動力吧!

這個為大地和自己省卻煩惱的轉變很重要,只差
你的第一步。

🌱 時下的綠色月
事用品,如布
衛生巾、月經
杯、月經褲等
在便利度和款
式設計上,都
越來越追得上
時代。

11　1888 年面世的衛生巾名為 "Southball Pad",而美國首個一
　　次性衛生巾商品是由 Johnson & Johnson 於 1896 年推出市面
　　的 "Lister's Towel"。

綠色月事用品比較

布衞生巾

用品壽命：視乎洗滌及護理狀況而定，
一般可使用 2 至 7 年。

價格　　：港幣 $40 至 $200 不等。

所需數量：視乎個人流量而定，一般為
4 至 10 片。

更換時間：每隔 2 至 6 小時。

清洗方法：先面朝下浸泡凍水 30 分鐘，
然後用洗衣液手洗或以低溫
機洗，然後晾曬。

存放方法：往布對摺，並存放於乾淨和
乾爽處。

優點　　：與一次性衞生巾相近、方便易
用、價格實惠、柔軟舒適。

缺點　　：需要額外洗滌；使用時需要一
定數量；如洗滌和護理不當，
較容易損壞；游泳時不能使
用。

月經杯

用品壽命：高達 10 年。

價格　　：港幣 $150 至 $350 不等。

所需數量：1 個。

更換時間：4 至 8 小時（不要連續使用超過 12 小時）。

清洗方法：每月經期前後用沸水消毒 20 分鐘，經期間則只需倒出經血，然後用清水或溫和梘液清潔即可。

存放方法：消毒後放入附有的防塵袋，並存放於乾淨和乾爽處。

優點　　：可以去游泳；連續使用時間較長，故在外不用經常替換；不佔空間；清潔方便；不會吸走陰道益菌；只要正確使用，在陰道內毫無感覺。

缺點　　：需熟習放入陰道內的技巧；消毒不足或會導致感染；在外倒經血時比較麻煩。

月經褲

用品壽命：視乎洗滌及護理狀況而定，
　　　　　一般可使用 1 至 3 年。

價格　　：港幣 $250 至 $500 不等。

所需數量：視乎個人流量而定，一般為
　　　　　5 至 7 條。

更換時間：每隔 4 至 6 小時。

清洗方法：在凍水浸泡 30 分鐘，然後用
　　　　　洗衣液手洗或以低溫機洗，
　　　　　然後晾曬。

存放方法：往布對摺，並存放於乾淨和
　　　　　乾爽處。

優點　　：柔軟舒適、用法與一次性衞生
　　　　　巾相近、方便易用、吸收力
　　　　　強、防漏。

缺點　　：價格較高；需額外洗滌；需要
　　　　　一定數量；如洗滌和護理不
　　　　　當，較容易損壞；游泳時不能
　　　　　使用。

5.7 給購物狂的藥方

普遍並不代表合理。若所買之物不是你真正需要
的，那麼購物的快感就會從離開商店的那刻開始
逐漸消失。隨之而來就是無辜的煩惱 —— 你因
此而失去了金錢，存放要佔用辛苦換來的家居空
間，然後要費煞心神地收納、執拾、清潔、保
養，還有買而不用的罪疚感，或者決心要斷捨時
的處理與善後。每一項都是在消耗我們的生命。

❶ 我在處理海量的二手衣服，雖然消耗體力，但卻是值得的。

減少購物的關鍵是你的內心

一直以來市場推廣和廣告都沿用一個技倆：情緒
觸發點（Emotional Trigger）。舉例說，護膚和
化妝品牌以肌膚近乎完美的廣告照（而這些很大
程度上是修圖效果）來勾起女性對皮膚的不滿；
奢侈品牌營造優越完美的人生，引導不論貧富的
消費者渴望成為這個「圈子」的一分子。

它們之所以成功令我們掏荷包，因為它們擊中了
我們內心的一些缺口，這也是有些人即使不看廣
告都有購物衝動的原因，例如工作壓力、缺乏自
信、心靈空虛等。尋找這些內心缺口，明白你不
能自控地購物的原因才是根治的方法。

別被廣告定義你的物質生活

無論廣告營造的格調與你構想中的美好生活或美
好的你有多接近，別忘記它們的唯一目的就是引
起我們的慾望，讓我們覺得現在的自己或生活若
有所失，有了這款產品就會更加圓滿。除了糧食
和日常生活的必需品之外，任何產品所回應的都
不是我們的需要，而是我們的慾望。

把購物的步伐放慢

在社交媒體的催促下，現代人越來越容易陷入
「即時滿足」（Instant Gratification）的圈套：每
當購物的衝動被勾起時就要即刻擁有。每當這股
慾望被勾起時，不妨嘗試「咬住毛巾、綁住雙
手」（比喻而已）給自己一個冷靜期。我們的物
質生活已經很富足了，先把這股慾望擱置一旁，
感受一下幾天沒有它是否還是安然無恙？如是，
那就真的不需要買了！

● 商場佈置會激發你購物
　的衝動，而在換物平台
　卻有不一樣的效果。

戒掉購物的藥方

- **騰出與自己對話的時間，問自己過度購物的原因。** 購物是否已變成不能自制的行為，無法自拔？這肯定是因為內心的某些缺口，那可能是因為你不滿意自己的現狀，需要以購物行為或物質來填充。這個答案，只有你自己才知道。與自己對話的時間只屬於你自己，無人會批判或加諸意見，你可以安全和無顧忌地對自己敞開心扉。

- **明確地跟內在的自己說出你想掙脫購物漩渦的原因。** 當你決心要戒掉購物，內心其實是知道最終的目標為何，例如減少家中的雜物、享受更充實的生活與真正的快樂，把更多空間與時間投放於值得的事情上。

- **時刻培養知足感恩的心。** 無論收入多寡，除了食物和維持生命的必需品之外，你所擁有的已經足夠，其餘都是非必要的身外物。即使你的人生有很多不如意事，但起碼你在物質上並不匱乏，也別浪費上天給你的金錢，去換來沒有令人生變得更好的物件上。

- 投放時間與資源於非物質的體驗上。請把購物從你的消閒活動清單上刪除,把能量花上更加滋養心靈與精神生活的事情上,哪怕是做義工、發掘興趣也好,關心世界和社會議題也好。到老的時候,我們不會記得自己擁有幾多物質,只會記得自己有過的閱歷,以及為世界留下甚麼美善。

- 與所擁有的好好相處。騰出時間執拾家中的物品,不是只顧為家居增添更多東西,發現有東西損壞,那就花時間好好修理它吧!這樣不僅會讓你記得自己擁有甚麼,而且更易培養對物品的印象和情感連繫。

- 避免以購物為首選。人類是群體動物,互相幫助是天性,所以當你需要某些物品的時候,如果不是常用的東西,不妨向身邊的人借用,或者善用社區的租借服務與共享資源。

- 要愛你自己。很多人購物非源自內心的缺口。需知道購物並是真正的治療之策,好好善待自己的內心才會根治失控購物的方法。正視內心所需要的自愛,允許自己照顧情緒,這樣你才會真正體會購物從來都是「means」,不是「end」。真正重要的,是你在購物後的人生。

5.8 正念消費 ——
以金錢回饋世界

人的每個動作都如跌在水中的卵石，擦出水花，引起漣漪。就如步行會在泛起塵埃一樣，消費亦如是。肉眼所見，漣漪在一陣子就會消失，其實它在隱若間會波及遠處，亦即是我們所認識的蝴蝶效應。

講到蝴蝶效應，便想起一位朋友 May 以「Butterfly Effect」命名她的小品牌。她專門引入外國的社企品牌，例如為逃離戰火而離開家鄉的敘利亞婦女製作的耳環，為南非史瓦濟婦女謀求生計的廢紙再造首飾。

❶ 讓正念融入消費之中，生活就會變得更加豐盛。

Butterfly Effect 有句美麗的標語：做最美麗的小事，始終相信世界是美好的。這個品牌的初衷，簡練地道出我們購物時應有的思考。

透過消費支持正確的價值

我們作出消費抉擇時，腦海中的持份者大多只是自己的荷包、商店的盈利、店員的收入，以及我們從中滿足的需要與慾望。那些都是我們所看得見的漣漪。但那些看不見的波瀾其實亦在牽動着環境、社會、經濟等宏觀因素，所以聯合國在 2016 年更新永續發展目標[12]時，才會把「永續消費及生產模式」定為第 12 項。

梅村提倡的「五項正念修習」中關於正念消費才會是「覺知到沒有正念的消費所帶來的痛苦，我承諾修習正念飲食和消費……我將修習觀照萬物相即的本性，學習正念消費，藉以保持自己、家庭、社會和地球上眾生的身心平安和喜悅。」

12　2016 年推行的「永續發展目標」（Sustainable Development Goals）是聯合國訂立的一系列目標，前身為千禧發展目標（Millennium Development Goals），由原本的 8 項增至 17 項。

我們或許覺得，作為一位消費者的力量很有限，但事實上世界經濟很大程度上建基於消費主義，我們都是支撐這股全球經濟的一員。既然我們的荷包壯大了很多消費品巨頭，也就有能力以消費選擇支持正確的價值。所以身為地球公民和消費者，我們有責任全面了解自己的消費為世界帶來甚麼影響，正負面亦然。

獨立商戶只能站在財團背後

一件產品可以為各持份者帶來利益，亦可以帶來傷害。例如光顧某些品牌就是支持血汗工場、和污染環境。另邊廂，幫襯本地菜或本地婦女手作品，也就是支持本地農業、協助社會上的一群人自力更生。選擇純素產品，就是減少動物為我們的物慾而受害。要製造一件產品難免會有必然的成本，有些商家能夠把價格壓至更低，那很可能是因為有人為我們負出了代價，或者採用以成本更低、對環境和人們健康傷害更大的成分。

可別忘記，最有財力站在最搶眼位置的往往是最具規模的財團，主流產品的龐大廣告攻勢，很容易令我們誤以為這些就是唯一和最普遍的選擇。

❶ 我們不應該盲目貪求平價，應該尊重任何人有尊嚴地賺取合理收入的權利。

以觀想重建正念消費意識

我們習慣純粹以吸引眼球的包裝來斷定應該買甚麼，與產品背後的故事、價值觀和影響失去連繫。我們並不知道，滿足日常物質需要的產品是由誰製造，經歷過怎樣的旅程才會來到商店的貨架上。單純地以價格、包裝和具吸引力的外觀（包括氣味、顏色和賣相）作為消費選擇的依據，有時候連摧毀了別人的生計和地球環境亦不自知。

你的消費會爲世界帶來能量

2007 年哄動一時的 *The Story of Stuff* 短片道盡一件產品所牽涉的各個層面和不同影響，讓我們能夠宏觀地看見消費行為對世界造成的影響。透過觀想回溯物品的整個過程：從開採原材料到製作物料，從加工到運輸。以純棉 T 裇為例，它的旅程從農夫種植棉花開始，然後是紡紗、漂染，再到製衣、加工、運輸，經過農夫、設計師、工人、物流和零售人員的手才來到我們的衣櫃。在每一個環節，它都可能會對世界帶來正或負面的影響。

❶ 除了實體衣物，在換物派對上，我們亦會安排音樂交流，加深人與人之間的連繫。

如何可以有覺知地購物？

□ 思考自己真的有此需要嗎？我會否經常使用？它與我現在的生活方式相符嗎？

□ 物色所有可選購的品牌。

□ 比較成分、在環境、經濟和社會方面的利弊。

□ 了解品牌背後的理念。

□ 購買及評估產品。

□ 分享心得，感染更多人作正確的消費抉擇。

□ 平時多留意新聞，認識不同產品對世界的影響。

正念消費

我們未必每次購物前都深入研究，以下的 #hashtag 就像懶人包，是購買日常用品至奢侈品都適用的指標：

- 公平貿易：尊重人們的尊嚴與生計。
- 零動物測試：無動物應該為我們的慾望而受罪。
- 天然、有機：減少對環境的傷害。
- 耐用：否則會耗用更多地球資源、製造更多浪費。
- 本地產品：促進社區自給自足、支持本地經濟。
- 獨立商戶：這是鼓勵人們經濟自主、自力更新。
- 零廢棄：我們依賴地球生存，所以愛護地球是大前提。

植物與泥土令人快樂

5.9

如果世界上只有人類，沒有萬物相伴，這個星球將會是一個何等沉悶的地方？不只是沉悶，而是無法生存下去。

經常聽說生物多樣性很重要，並非為了讓我們有更多動植物可以觀賞，或者使我們棲息的星球保持熱鬧，而是因為我們的世界本身就是由無數個環環緊扣的生態系統所組成。這些生態系統多如銀河細沙、複雜如千絲萬縷。就如第二章提及「像山一樣思考」的故事那樣，我們至今尚未完全掌握，更別說在日常生活可以輕易意識得到。

❶ 正念如陽光，照亮富足的心。

舉例說，我們之所以有氧氣，地球的溫度溫和得適宜萬物棲息[13]，樹是很重要的一環。傳播花粉的昆蟲 —— 尤其是數量正在銳減的蜜蜂。

看着令人心花怒放

居住在山邊，野生的樹木包圍着我家，簕杜鵑、桑樹、五爪龍每逢春夏都會燦爛盛放，同時引來很多雀鳥和昆蟲，看着牠們在樹木之間尋獲安樂窩和食物，令人心生喜悅。這更加讓人深深體會到，讓更多植物屹立於大地上，所帶給生態的益處比我們想像中多。

事實上，種植不僅有利於環境生態，對我們來說亦有莫大的益處。城市人 85% 的時間都留在室內，植物會令我們脫離石屎森林的刻板氛圍。近年在香港冒起的「森林浴」正好印證了，沉浸在大自然有益於我們的健康，讓我們返回當下和紓緩壓力。所以，不少城市人喜歡在家居和工作空間添置植物，原因不用再多解釋。

為環保增添多一點綠

親手種植、讓雙手沾泥就更加有益。不少研究指出泥土裏的微生物會提升具抗抑鬱作用的血清素，且改善情緒和提升生活滿足感，甚至是具療癒作用的工具。在我家的路上，街坊在庭院種植

13　含有溫室氣體的大氣層把地球的氣溫調整至溫和的範圍，否則地球在晚間會極其寒冷、白天會熱如火灼。

❶ 窗前盆栽，悠然自得，滿是療癒。

的簕杜鵑長期是遊客打卡的位置。如果你的家中
有戶外空間，請不要吝嗇地種一些植物。想讓城
市多一點綠，我們可以自己為它增添一點綠。我
們不可能人人都種樹，但我們肯定每個人都可以
種植某些東西，哪怕只是窗前的盆栽。

總言之，與植物共處的喜悅感覺是難以言喻的。
儘管春夏天的雜草總是清理不完，時而會給我們
帶來煩惱。但看見雀鳥、蝴蝶、蜜蜂和甲蟲以植
物為家，總是令人無比滿足。能夠為另一些生命
帶來棲息之所，是何等奇妙的感覺！

Q&A

我是窮學生，覺得有機、環保產品較貴，又少地方有，怎麼辦？

我曾經看過一段演講影片，講者提到不少人認為永續、零廢棄的生活是很中產的事，因為裸買食材、環保產品和本地有機菜都是比較昂貴。但事實上，捉襟見肘的人往往是最環保，更懂得怎樣善用每一分的資源。

最環保的產品就是善用現有的產品，取用家中的餐具就無需購買外帶餐具，自備膠袋就無需刻意物色購物袋。至於時裝，寧可買少而精，都不要買多而廉價。的確不是人人負擔得起有機菜，所以在自己的能力範圍內做到幾多就幾多吧。畢竟，永續生活不是一本厚厚的規條，我們只需以自己的生活條件來演繹一些原則和概念。

Q2. 如何擺脫環保等於麻煩的思路？

環保分子之所以駁斥傳統的生活方式，只是因為意識到長久以來約定俗成的觀念與永續是相違背，而我們必須以永續的方式生存下去。所以，這些環保行動不是麻煩，而是修正，也是減少不必要的煩惱。例如，減少製造垃圾就省卻要處理垃圾的煩惱；減少使用科技產品，也是為心靈和精神健康排毒。說到底就是多點接觸大自然吧。

Q3. 我不是環保分子，但也想支持環保，有甚麼方法可以參與？

所謂「環保界」其實沒有一個特定的圈子。我覺得從自身開始是第一和最重要的一步。如果你有時間和能力參與更多，不妨考慮為環保組織做義工。香港有很多小規模的環團無時無刻都需要人手。你可以從自己比較關注的議題入手，例如海洋垃圾、城市廢物和自然教育等。

附錄

推 介 書 籍

- 松本圭介（2014），《小僧大掃除》，台北市：商周出版。

- Fee, Natalie. (2019) *How to Save the World for Free*. London: Laurence King Publishing.

- Kasser, Tim. (2002) *The High Price of Materialism*. Cambridge: The MIT Press.

- Hunt, Tom. (2020) *Eating for Pleasure, People & Planet*. London: Kyle Books.

- Ginn, Peter. (2019) *Slow Tech: The Perfect Antidote to Today's Digital World*. London: Haynes Publishing.

- Goodin, Tanya. (2017) *Off: Your Digital Detox for a Better Life*. New York: Abrams Image.

- Ohsawa, George. (1995) *Zen Macrobiotics: The Art of Rejuvenation and Longevity (Fourth Edition)*. California: George Ohsawa macrobiotic Foundation.

- Thoreau, Henry D. (1854) *Walden*. Boston: Ticknor and Fields.

- Thich Nhat Nanh. (1975) *The Miracle of Mindfulness*. Boston: Beacon Press.

推介網站及 KOL 專頁

- Melissa Hemsley
  www.instagram.com/melissa.hemsley

- No Tech Magazine
  www.notechmagazine.com

- Tom Hunt
  www.instagram.com/cheftomhunt

- Zero Waste Japan
  www.instagram.com/zerowaste.japan

- 土地正義聯盟 ── 良心農業指南
  landjusticehk.org/green-objects

- 空屋筆記 ── 免費的自由
  www.facebook.com/noteinruin

- Good on You
  goodonyou.eco

- 法鼓山僧伽大學「生命自覺營」
  www.ddsu.org

- 梅村國際正念修習中心
  plumvillage.org

- Coursera
  www.coursera.org

- UN CC:Learn
  uncclearn.org

淨好生活

＋ 80 後執嘢女生的極簡慢活風 ＋

著者
Ren Wan

責任編輯
嚴瓊音

裝幀設計
鍾啟善

排版
楊詠雯

出版者
萬里機構出版有限公司
香港北角英皇道 499 號北角工業大廈 20 樓
電話：2564 7511　　傳真：2565 5539
電郵：info@wanlibk.com
網址：http://www.wanlibk.com
　　　http://www.facebook.com/wanlibk

發行者
香港聯合書刊物流有限公司
香港荃灣德士古道 220-248 號荃灣工業中心 16 樓
電話：2150 2100　　傳真：2407 3062
電郵：info@suplogistics.com.hk

承印者
美雅印刷製本有限公司
香港觀塘榮業街 6 號海濱工業大廈 4 樓 A 室

出版日期
二〇二一年七月第一次印刷

規格
大 32 開（210 mm × 148 mm）

版權所有 · 不准翻印
All rights reserved.
Copyright © 2021 Wan Li Book Company Limited.
Published and printed in Hong Kong.
ISBN 978-962-14-7336-3